KB253556

초원의 리어왕

초원의 리어왕

| 투르게네프 지음 · 구본희 옮김 |

이반 S. 투르게네프(Ivan S. Turgenev, 1818-1883)는 국내에서
〈첫사랑〉, 〈아버지와 아들〉 등의 작품으로 이미 잘 알려진 러시
아 작가이다.

1818년 부유한 귀족 집안에서 태어나 부족함 없는 어린 시
절을 보내며 외국어, 예술, 역사 등의 교육을 받았다. 이후 모
스크바와 독일에서 문학을 공부하며 많은 시를 발표하지만, 정
작 그가 작가로 인정을 받은 것은 1847년 〈사냥꾼의 수기〉라는
작품을 발표한 이후였다.

이 작품으로 당시 비평가들에게 인정을 받은 투르게네프는
계속해서 〈아샤〉, 〈루딘〉, 〈파우스트〉 같은 많은 소설을 발표
했다. 1883년 골수암으로 일년여의 투병 끝에 프랑스의 파리
에서 생을 마쳤고 유해는 러시아 페테르부르크 묘지에 안치되
었다.

투르게네프는 작품을 통해 희미해져 가는 러시아의 귀족적

전통을, 다른 한편으로는 평범한 러시아 농민들의 지혜와 풍부
한 정신 세계를 보여준다. 그 외에도 그는 러시아의 자연을 가
장 아름답게, 시적으로 묘사한 작가이기도 하다. 하지만 그의
후기 작품들에서는 인간의 본질을 다루는 주제가 두드러지는
것을 볼 수 있다.

　농노 해방 전후의 낡은 귀족 의식과 개혁의 이상을 지닌 새
로운 세대와의 대립을 기조로 해서 예민한 심리 관찰로 정서에
넘치는 작풍을 보이고 있다.

　이 소설 〈초원의 리어왕〉(1870) 역시 작가의 후기 작품으로
셰익스피어의 유명한 비극 〈리어왕〉을 모티브로 하고 있다. 순
종적이기만 하던 두 딸이 재산을 상속 받은 후에는 아버지를
배신하고 처참한 죽음으로까지 몰아간다는 내용을 통해 투르
게네프는 비극을 초래한 부패한 가족 구성원들의 관계, 자유의
중요성과 인간의 나약함을 보여주고 있다.

작가의 예리한 통찰력과 회화적인 자연 묘사력을 독자들은
이 작품을 통해 유감없이 엿볼 수 있다. 또한 작가의 인간에 대
한 깊은 이해는 100여 년 전 그에 의해 만들어진 주인공 하를
로프가 오늘을 사는 우리에게도 가깝게 느껴질 수 있도록 한
다.

구본희

어느 겨울 저녁, 우리 여섯 사람은 오래된 대학 시절 친구의 집에 모였다. 대화는 셰익스피어에까지 이르고 그의 주인공들이 얼마나 인생의 핵심을 깊고 바르게 파헤쳤는지에 대해 이야기를 하게 되었다. 우리는 특별히 그들의 인생의 현실감과 일상에 근접했음에 놀라움을 표하며 각자 햄릿과 오셀로, 팔스타프를 예로 들며 리처드 3세에서 맥베스까지 자신이 읽은 책에 나오는 주인공들의 이름을 대고 있었다(마지막 주인공들에 대해 말한 사람은 몇 명 되지 않았지만).

"아, 여러분."

이미 꽤 나이가 든 집주인이 큰 소리로 말을 시작했다.

"저는 리어왕을 만난 적이 있습니다!"

"어떻게요?"

우리가 그에게 물었다.

"어떻게는……. 그렇게 원하신다면 제가 이야기해 드리지요."

"말씀해 보세요."

그리고 우리의 친구는 긴 이야기를 시작했다.

저는 어린 시절을 (그가 시작했다) 그리고 열다섯 살이 되기 전까지의 소년 시절을 부자 영주셨던 어머니의 영지에서, 그러니까 시골에서 보냈습니다. 지금까지도 가장 깊게 제 기억에 남아 있는 사람은 저희의 가까운 이웃이었던 마르틴 피트로비치 하를로프라는 인물입니다. 그에 대한 기억을 지우기란 힘든 일일 겁니다. 저는 마르틴과 비슷한 사람은 살아오면서 다시는 본 적이 없으니까요. 이스폴린 산맥(베멘과 셀레젠 사이의 산맥)처럼 거대한 사람을 상상해 보십시오! 거대한 몸 위에 조금 구부정하게 아무런 목의 흔적도 없이 어마어마한 머리가 놓여 있었지요. 멋대로 흐트러진 허옇게 노란 머리칼은 거의 곤두서 있는 눈썹에서부터 자라고 있는 듯이 보였습니다. 마치 가죽을 벗겨 놓은 듯한 회청색의 얼굴에는 크고 넓은 코가 달려 있었고 거만한 작고 파란 두 눈이 오만을 떨고 있었지요. 역시 작은 더구나 약간 비뚤어지고 온통 갈라진, 얼굴과 같은 색의 입은 늘 열려 있었습니다. 그 입에서 나오는 목소리는 항상 쉰 소리였지만 매우 웅장하고 컸죠. 그 소리는 거친 도로를 달리는 마차에 실린 쇠사슬이 부딪치는 소리 같은 것이었습니다. 그가 말을 할 때면 마치 바람이나 골짜기에 대고 외치는 것처럼 보였습니다. 그의 얼굴이 어떤 표정을 하고 있었는지는 워낙 이상한 것이었기에 한마디로 말하기가 힘들군요. 그가 한번 시선을 두면 그 시선을 피하기란 힘든 일이었습니다. 하지만 그의 시선이 결코 불쾌한 것은 아니었습니다. 비록 어딘지 이상하고 예사롭지 않은 것이긴 했지만 그 안에서는 어떤 위대한 힘이 느껴지기까지 했습니다. 아, 그의 손. 그것은 마치 커다란 베개 같아 보였지요. 그의 손가락, 그의 발! 마르틴 피트로비치의 두 아르신(구 러시아의 척도 단위＝71.12㎝)은 돼 보이는 등과 절구처럼 생긴 어깨를 바라볼 때면 늘 제게 두려움이 엄습했던 기억이 나는군요.

하지만 그 중에도 저를 특별히 놀라게 했던 것은 그의 귀였습니다. 영락없이 구불구불한 굴곡이 있는 칼라치 빵이었지요. 양볼은 그것들을 받쳐 주고 있었습니다. 마르틴 피트로비치는 여름이고 겨울이고 할 것 없이 늘 초록색 나사지(양털 또는 거기에 무명, 명주, 인조 견사 등을 섞어 짜서 양복감으로 쓰는 모직물의 하나)로 된 카자킨(등에 주름이 있고 깍지 단추로 채우는 헐렁한 웃도리, 남자용)을 입고 있었고 허리에는 체르케스식의 허리띠를 두르고 광이 나는 장화를 신고 있었지요. 넥타이를 맨 것은 한

번도 본 적이 없었습니다. 하기야 어디 넥타이를 맬 만한 곳이나 있었겠습니까? 그는 마치 황소처럼 길고 거칠게 숨을 쉬었지만 돌아다닐 때만은 아무 소리도 내지 않았습니다. 방에 들어온 그는 무엇을 깨지나 않을까, 떨어뜨리지나 않을까 걱정이라도 하듯이 조심스럽게 옆으로 걸으며 마치 몰래 움직이는 것처럼 보였습니다. 그의 힘은 정말이지 헤라클레스에 비할 만한 것이었고 그 덕에 그는 주위에서 유명한 인물이 되었지요. 저희 민족은 지금까지 장수 앞에서는 경건해지니까요. 그에 대한 전설도 있을 정도였습니다. 어느 날 그가 숲에서 곰을 만나 때려눕혔다고도 하고, 어느 날인가는 자신의 양봉장에 들어온 도둑을 마차에 태운 채 말까지 함께 담 너머로 던져 버렸다는 식의 이야기들이 많았지요. 정작 하를로프는 자신의 힘을 절대 과시하지 않았습니다.

"만약 내 오른팔의 힘이 세다면,"

그가 말했습니다.

"그것은 하나님의 뜻인 거지!"

그는 자신의 힘이 아닌 자신의 신분과 지식, 지혜를 자랑스러워했습니다.

"우리 가문은 스베덴에 (그는 스웨덴을 그렇게 불렀습니다) 뿌리를 두고 있어. 스베덴 사람 하를루스에게서 나온 것이지."

그는 자신 있게 말했습니다.

"이반 바실레비치 촘니 왕 시절에 (아, 그 시절에!) 러시아로 건너왔지. 그는 핀란드의 백작이 되길 원치 않고 러시아 귀족 (러시아와 핀란드가 한 나라였던 때를 말하고 있는데, 핀란드 귀족이 될 수 있는 가능성에도 러시아 귀족이 되기를 원했다는 의미)이 되기 위해 붉은 책(러시아 귀족의 이름을 올리는 책)에 이름을 썼던 거야. 그렇게 해서 우리들 하를로프들이 나오게 된 거지! 그런 이유로 우리들 하를로프들은 흰 피부와 밝은 눈을 가진 깨끗한 얼굴로 태어나는 거라고! 그래서 우리더러 눈사람이라고 하는 거야!"

"네, 마르틴 피트로비치."

저는 몇 번이고 그의 말에 반박하려고 했지요.

"이반 바실레비치 촘니는 존재하지도 않았다구요, 이반 바실레비치 그로즈니가 있었고 촘니라고 불린 건 위대한 왕 바실리 바실레비치라니까요."

"그래 더 거짓말을 해봐라!"

그가 침착하게 말했습니다.

"내가 그렇다고 하면 그런 거야!"

어느 날인가 저희 어머니께서 그가 있는 앞에서 그의 놀라운 청렴함을 칭찬하려고 하신 적이 있습니다.

"나탈리아 니콜라예브나!"

그는 거의 짜증스러워하며 대답했습니다.

"별걸 다 가지고 칭찬을 하십니다. 우리 같은 귀족은 달리 살아선 안 되는 것 아닙니까? 어떤 평민도 어떤 죄 많은 사람들도 우리에 대해 나쁜 말을 하게 해서는 안 되지요. 저 하를로프는 저곳에서부터 (천장 위 높은 곳을 손가락으로 가리키고 있었습니다) 나오는 성을 가진 사람입니다. 그런 제가 낭비나 하면서 이름을 더럽히다니요! 그게 어디 있을 법이나 한 일입니까!"

또 언젠가는 저희 어머니를 만나러 온 한 고위 관리가 마르틴 피트로비치를 곯려 줄 기회를 찾고 있었던 적이 있습니다. 마침 하를로프는 다시 러시아로 온 스베덴 사람 하를루스에 대해 이야기를 시작하고 있었지요.

"고로흐 왕 때라고 하셨습니까?"

관리가 말을 끊으며 끼어들었습니다.

"아니, 고로흐 왕 때가 아니라 위대한 왕 이반 바실레비치 촘니 시대입니다."

"제 생각에는,"

관리가 계속했습니다.

"당신의 가문은 더 이전의, 저 노아 홍수 이전의 태고 적부터 시작되는 게 아닌가 싶습니다. 아직 마스토돈(긴 코를 가진 원시 화석 동물)과 메가테리움(홍적세 시대 아메리카에 서식했던 포유 동물)이 살고 있던 그 시절부터……"

이 학술적인 용어들은 마르틴 피트로비치에게 아무것도 의미하지 않았지요. 하지만 그는 관리가 자신을 놀리고 있다는 것을 알아차릴 수는 있었습니다.

"그럴 수도 있지요. 우리 가문은 정말 긴 역사를 가지고 있으니까요. 말이 나와서 드리는 말씀인데 저희, 그러니까 고조부의 부친께서 모스크바를 침략하셨을 때 그곳에는 각하보다 더한 바보들도 있었다고 하시더군요. 또 그런 바보들은 천년에 한번 날까말까 하는 이들이라고도 말씀하셨지요."

관리는 하얗게 질린 얼굴을 했고 하를로프는 고개를 뒤로 젖히고 턱을 내밀고는 콧소리를 한번 내 보였습니다. 그렇습니다, 그는 그런 사람이었지요. 이틀 정도 지나 그는 다시 나타났습니다. 저희 어머니께서 그를 질책하기 시작하셨지요.

"그에게 교훈을 주려고 했던 겁니다, 마님."

하를로프가 가로막았습니다.

"제멋대로 행동을 하려거든 상대를 알고 해야지요. 아직 너무 어린 것 같아 가르쳐 줘야 할 것 같아서 그랬습니다."

관리가 비록 그와 동년배이긴 했지만 이 거인은 모두를 아직 덜 자란 사람이라고 생각하는 것에 익숙해 있었던 것이지요. 그는 자신을 믿고 있었고 두려운 것이 없었습니다.

"누가 날 어쩔 수 있다는 거야. 이 세상에 그럴 만한 사람이 있겠느냐고?"

그는 갑작스레 그런 질문을 하고는 짧지만 천둥 같은 소리로 웃곤 했습니다.

저희 어머니는 사람을 사귀는 일에 있어서 매우 까다로운 분이셨습니다. 하지만 하를로프만은 특별한 기쁨으로 맞으시곤 하셨습니다. 이십 년쯤 전에 그가 어머니의 목숨을 구하신 일이 있었지요. 깊은 골짜기로 어머니를 태운 마차와 말들이 떨어지고 있을 때 그가 마차를 붙들었던 것입니다. 말을 매었던 끈과 말은 이미 떨어지고 난 후였지만 그는 손톱 밑에서 피가 나는 것도 무릅쓰고 잡고 있던 바퀴 한 쪽을 놓치지 않았지요. 저희 어머니께서는 저희 집에서 자란 열일곱 살짜리 고아 소녀를 그에게 시집보내셨습니다. 그때 그의 나이는 이미 사십이 넘었던 것으로 기억합니다. 마르틴 피트로비치의 부인은 매우 가냘픈 여인이었습니다. 처음 저희 집에 올 때는 손바닥에 얹어 데려왔다고 했을 정도였지요. 그녀는 그와 함께 오래 살지는 못했지만 그래도 두 딸을 남겼습니다. 그 부인이 세상을 떠난 뒤에도 저희 모친께서는 계속해서 마르틴 피트로비치를 돕고 계셨습니다. 어머니께서는 그의 큰딸을 시내 기숙학교에 보내시고 나중엔 신랑감도 찾아주셨지요. 둘째딸을 위한 신랑감 역시 이미 구해 놓고 계셨습니다. 하를로프 역시 어느 정도 능력 있는 영주였지요. 한 삼백 제샤치나(미터법 이전의 러시아에서의 지적 단위)의 땅을 가지고 있었고, 조금씩 늘려 나가는 형세였지요. 그에 대한 농노들의 충성심이야 말할 것도 없고요!

그는 거대한 몸집 탓으로 거의 걸어서 다니는 일이 없었습니다. 땅이 그를 지탱하지 못하는 것 같았지요. 어디를 가든지 키가 작은 경주마를 타고 다녔습니다. 말은 손수 돌보았지요. 서른 살이나 먹은 그 말은 보라진스키 전투에서 근위 기병대의 특무상사가 타던 말로 어깨에는 전투에서 얻은 상처가 있었습니다. 그 말은 늘 네 다리를 동시에 절었습니다. 그래서인지 그 말은 한 발자국씩 움직이지 못하고 매번 네 발을 동시에 들고 뜀뛰기를 하는 듯이 움직였지요. 그리고도 그 말은 제가 어떤 다른 말도 먹는 것을 보지 못한 밭 사이 길에서 자라는 쓴 쑥풀을 뜯어먹었습니다. 저는 늘 어떻게 저런 다 죽어 가는 말이 그만한 무게를 견뎌내는지 놀라워하지 않을 수 없었습니다. 우리의 그 이웃이 몇 푸드(구 러시아의 중량 단위=16.38kg)나 나가는 사람이었는지는 차마 말씀드릴 수가 없군요.

마르틴 피트로비치가 길을 달릴 때면 그의 등뒤에는 늘 새까만 사환 아이 막심카가 앉아 있었습니다. 온몸과 얼굴을 주인

의 등에 묻고 맨발을 뒤축에 대고 가는 그의 모습은 움직이는 거인의 몸에 우연히 떨어진 무슨 나뭇잎이나, 송충이 같아 보였습니다. 그 사환 아이는 일주일에 두 번씩 마르틴 피트로비치를 면도하는 일을 맡고 있기도 했습니다. 그 임무를 수행하기 위해 사람들 말에 따르면 그 아이는 의자에 올라서야 했다고 합니다. 농담하기 좋아하는 사람들은 그가 주인의 턱 주위를 뛰어다니며 면도를 했다고들 하기도 했지요.

하를로프는 집에 오래 앉아 있는 것을 싫어했기 때문에 변함없는 그의 애마를 타고 한 손으로 고삐를 쥐고 (다른 손은 팔을 굽혀 무릎 위에 팔꿈치를 기대고 있었지요) 머리 위에는 작은 챙이 달린 모자를 얹고 지나가는 그의 모습을 자주 볼 수 있었지요. 그럴 때면 그는 곰의 것과 같은 눈으로 기분좋게 주위를 돌아보며 천둥이 치는 듯한 목소리로 지나가는 사내들, 농사꾼들, 상인들에게 인사를 했습니다. 그가 특별히 싫어했던 사제들을 만날 때면 큰 소리로 그들을 놀라게 하기도 했습니다. 그러던 어느 날 그가 산책하는 저를 따라오다가 (저는 소총을 들고 있었습니다) 길가에 있던 토끼에게 얼마나 크게 소리를 질렀던지 저는 저녁 무렵까지 귓속이 윙윙거리는 것을 느낄 정도였습니다.

저희 어머니는 아까도 말씀드렸듯이 마르틴 피트로비치가 저희 집에 오는 것을 매우 기뻐하셨습니다. 어머니는 그가 얼마나 당신을 존경하고 있는지 알고 계셨지요.

"마님! 부인! 우리 밭의 딸기!"

그는 그런 식으로 저희 어머니를 불렀지요. 그는 어머니의 너그러움을 찬양했고 어머니는 그에게서 사내 한 무리가 덤벼도 당신을 위해 싸울 믿음직스러운 거인을 보고 계셨던 것입니다. 물론 그런 일이 생길 만한 조금의 가능성도 없긴 하였지만 남편이 없는 (어머니께서는 일찍 혼자 되셨지요) 저희 어머니의 말씀에 의하면 마르틴 피트로비치와 같은 보호자를 꺼리는 것은 옳지 않은 것이라고 하셨습니다. 더구나 그는 곧은 성품의 사람으로 누구도 속이지 않았고, 돈을 빌리는 일도 없었으며 포도주를 즐기지도 않았고 비록 특별한 교육은 받은 적이 없었지만 어리석은 사람도 아니었으니까요. 어머니는 마르틴 피트로비치를 믿으셨습니다. 그리고 저희 어머니가 언젠가 유언장을 쓰시기로 결정하셨을 때는 그에게 증인이 돼 달라고 부탁하셨지요. 말씀이 떨어지자마자 그는 일부러 금속테를 두른 둥근 안경을 가지러 집에 다녀왔습니다. 안경 없이는 그는 전혀 쓸 수가 없었고 또 코에 안경을 걸친 후에도 그는 15분이나 걸려 잉크를 묻히고 종이를 불어 가며 겨우 자신의 작위와 이름, 부친 성함, 성을 썼지요. 그의 글씨는 크고 꼬리와 장식을 단 사각형 모양을 하고 있었습니다. 그렇게 일을 마친 그는 글씨를 쓰는 것은 벼룩을 잡는 일과 같다며 피곤해 했지요. 그렇게 어머니께서는 어떤 의미에서는 그를 존경하고 계시기도 했습니다. 그럼에도 그를 식당 외 다른 곳에 들어오게 하시는 일은 없었죠. 그에게서는 지나치리만큼 심하게 흙 냄새, 숲의 퀘퀘한 냄새, 늪의 진흙 냄새 등이 났던 것입니다.

"영락없는 산도깨비라니까!"

그런 그를 보며 유모가 제게 말하곤 했지요. 마르틴 피트로비치가 식사 때 오면 구석에 그를 위해 따로 식탁을 마련해 주었습니다. 그는 그것을 조금도 언짢아하지 않았습니다. 자신이 옆의 사람들에게 불편을 준다는 것을 그도 알고 있었고 다른 한편으로는 그가 먹기에도 더 편했으니까요. 그는 제 생각으로는 폴리펨 이후 최고의 대식가라 할 수 있을 만한 식성을 가지고 있는 사람이었습니다. 그를 위해서 항상 음식이 나오기 전 육 파운드 정도의 죽을 준비해 두었습니다.

"그렇지 않으면 나까지도 먹어치우지 않겠니?"

어머니께서 말씀하셨지요.

"이걸 먹고도 마님이야 충분히 먹어치울 수 있지요."

그런 어머니의 말씀에 마르틴 피트로비치가 넉살을 떨며 대답했습니다.

어머니는 그가 가끔씩 농기구에 대해 설명하는 것을 듣는 것을 즐겨하셨습니다. 하지만 그의 목소리만은 오래 참고 계시지 못하셨지요.

"아이고!"

어머니께서 외치셨습니다.

"자네 어떻게 고치든지 해야지, 귀가 먹겠어! 나팔이 울리는 것 같다고!"

"나탈리아 니콜라예브나! 저의 은인!"

마르틴 피트로비치가 평소처럼 대답했습니다.

"제 목이 아픈 게 아닌데 어떤 약을 쓴다는 말씀이십니까? 그보다 잠시 말을 하지 않고 있겠습니다."

정말 저 역시 어떤 약도 마르틴 피트로비치를 고칠 수는 없었을 것이라고 생각합니다. 그는 한번도 아픈 적이 없었으니까요.

그는 이야기라고는 할 줄도 모르고 그리 좋아하지도 않았습니다.

"말을 길게 하면 숨이 차거든."

그가 불평하듯이 말하곤 했습니다. 딱 한 번, 그가 전쟁 이후 12년이 되는 기념일에 갔을 때 (그는 군대에서 근무하며 동 훈장을 받았습니다. 그리고 축제 때마다 그것을 블라지미르 띠에 달고 다녔지요) 그에게 사람들이 프랑스인들에 대해 묻자 그가 몇 가지 재미있는 이야기를 하는 것을 본 적이 있습니다. 하긴 그곳에서도 그는 진짜 프랑스인은 러시아에 오지 않았었다고, 단지 배고파 도망온 거지들이 있었을 뿐이라는 것과, 그가 숲에서 쫓아낸 사람들은 배고픈 부랑자들뿐이었다고 말하는 것을 잊지 않고 있었지요.

하지만 이런 위풍당당하고 자신감 넘치는 거인에게도 우울하고 심각한 시간은 있었지요. 아무 이유도 없이 그는 슬퍼하며 불현듯 방안에 혼자 들어앉아 윙윙거리는 소리를 내곤 했습니다. 정말 벌떼가 윙윙거리는 듯한 소리였습니다. 그럴 때면 가끔씩 그의 집에 있는 유일한 책인 노비코프(러시아의 문예 평론가) 전집 중의 하나 '잠든 근면가'를 소리내어 읽어달라고, 혹은 노래를 하라고 막심카를 부르기도 했습니다. 그러면 희한한 우연으로 글을 읽을 줄 아는 막심카는 단어를 멋대로 잘라가며 액센트를 잘못 읽었지만 다음과 같은 문장이 나오면 소리를 치며 읽기 시작하는 것이었습니다.

"그러나 모든 열정이 있는 사람은 창조물에서 발견한 텅 빈 장소에서 전혀 반대되는 결과를 얻어낸다. 창조물 자체가, 그가 말했다, 나를 행복하게 하는 것은 아니다."

('잠든 근면가', 연재, 모스크바, 1785년, 제3장, p.23. 11번째 줄—지은이 주)

아니면 가느다란 목소리를 길게 뽑으며 분간할 수 없는 슬픈 노래를 부르기도 했습니다.

"이…… 에……이…… 에…… 이…… 아아…… 스카! 오, 주…… 주…… 욱…… 여…… 여…… 었…… 였다!"

한편 마르틴 피트로비치는 고개를 끄덕이며 인생의 무상함을, 모든 것이 한줌 흙이 되고 시들어 버린다는 것을, 그리고 때가 오면 사라진다는 것을 생각하고 있었지요. 어떻게 해서인지 그의 손에 그림 한 장이 들어온 일이 있었답니다. 그 그림에는 타고 있는 초와 그 주위에서 볼을 맞대고 바람을 불어대는 사람들이 그려져 있었고, 그 밑에는 '이것이 인간의 인생이다!'라고 적혀 있었지요. 그는 그 그림이 맘에 들었는지 자신의 방에 걸어 놓았습니다. 하지만 우울하지 않은 다른 날에는 기분을 망치지 않도록 그 그림을 벽 쪽으로 돌려 걸어 놓았죠. 이 거인 하를로프도 죽음은 무척이나 두려워했던 모양입니다! 하지만 우울할 때마저도 종교의 도움을 구하거나 기도를 하는 일은 드물었지요. 그는 그럴 때면 더 자신의 지혜에 의지했습니다. 그에게서 특별한 신앙심을 찾아볼 수는 없었고, 그를 교회에서 만나는 일은 거의 없었다고 할 수 있지요. 하지만 그 자신은 그 이유를 자신의 큰 몸집으로 모두를 내쫓을까 봐 가지 못하는 것이라고 했습니다. 그러한 그의 우울증은 마르틴 피트로비치가 휘파람을 불며 갑자기 천둥 같은 목소리로 말을 대령

하라고 하고는 손을 모자챙 위에 올리고 가까운 길을 달리는
데에서 끝이 났습니다. 그는 그럴 때면 마치 '이젠 다 지나갔습
니다. 딴따라!' 라고 말하는 것처럼 보였지요. 그야말로 러시아
사람이었습니다.

마르틴 피트로비치와 같은 장사는 보통 감정이 무디기 마련인데 반대로 그는 아주 쉽게 흥분하기도 하는 사람이었습니다. 특히 그를 화나게 했던 것은 광대도 아니고 그렇다고 식객도 아닌 묘한 위치로 저희 집에 살고 있던 그의 죽은 부인의 동생 비코프라는 인물이었습니다. 어릴 적부터 수비니르(기념품, 장식품이라는 의미)라고 불리던 그는 모두에게 그렇게 수비니르로 남았지요. 하인들마저도 그를 수비니르 치모페에비치라고 불렀으니까요. 사실은 그도 자신의 이름을 잘 모르고 있는 듯했습니다. 그는 아주 볼품없는 사람으로 모든 사람에게 무시를 당하는, 한마디로 말해 귀찮은 존재에 불과했습니다. 입 안 한쪽에는 이가 약간 모자라 주름살 많은 그의 얼굴을 삐뚤어져 보이게 했습니다. 그는 늘 불안하게 이곳저곳을 서성였습니다. 하녀의 방에 가보기도 하고 사무실에 들러보기도 하고, 또 사제실에, 촌장의 집에 가기도 했지만 가는 곳마다 쫓겨나기 일쑤였지요. 그러면 그는 그저 몸을 움츠리고 사시(斜視)를 이리저리 굴리며 병을 헹구어 낼 때처럼 질퍽하고 형편없는 모습으로 웃기만 했습니다. 저는 만약 수비니르가 돈이 많은 부자였다면 아마도 교활하고 양심 없는 잔인한 인간이 되지 않았을까 하는 생각을 자주 했습니다. 하지만 가난은 하는 수 없이 그를 '작은 인간' 으로 만들고 말았던 모양입니다. 그에게는 술도 축제 때만 허용되어 있었습니다. 하지만 그가 저녁마다 어머니와 피켓이나 보스턴 카드놀이를 하였기 때문에 어머니께서는 그에게 좋은 옷을 입도록 하셨지요. 수비니르는 매번 '저, 지금, 지금……' 이라고 말했고, 그럴 때면 어머니께서는 '지금 뭐라는 거야?' 하시며 짜증스러워하셨지요. 그러면 그는 금세 손을 뒤로 감추고 겁먹은 표정으로 중얼거리는 것이었습니다.

"그러시다면……"

문 앞에서 남의 말을 엿듣거나 남의 애기하는 것, 무엇보다 중요한 것은 남을 비꼬고 화나게 하는 그런 일들 외에는 그에게는 아무런 할 일도 없었습니다. 다른 사람을 비꼴 때의 그를 보면 마치 자신에게 그럴 권리가 있다는 듯이 무슨 일로 복수를 하기라도 하는 것 같았습니다. 그는 마르틴 피트로비치를 형님이라 부르며 정말이지 끈질기게 그를 괴롭히고 있었습니다.

"형님은 우리 누님 마르가리타 치모페브나가 무슨 죄가 있다고 죽이셨습니까?"

　그는 그렇게 낄낄거리며 하를로프의 주위를 맴돌았습니다. 어느 날인가 마르틴 피트로비치가 당구대가 있는 시원한 방에 앉아 있을 때였습니다. 아무도 파리 한 마리 본 적이 없는 방이었는데 더위와 햇빛을 가장 큰 적으로 여기는 우리의 이웃은 그래서인지 그 방을 특별히 좋아했지요. 그는 벽과 당구대 사이에 앉아 있었습니다. 수비니르가 입을 삐죽거리며 그의 곁을 맴돌며 그의 화를 돋우기 시작했습니다. 마르틴 피트로비치는 그를 밀어 버릴 생각으로 팔을 앞으로 내밀었습니다. 다행히도 수비니르는 몸을 피할 수 있었지만, '형님'의 손바닥은 당구대의 끝을 세게 잡고 있었습니다. 그러자 여섯 개의 나사가 빠지며 커다란 당구대가 날아가는 것이었습니다. 만약 그 무서운 손에 잡혔다면 수비니르는 무슨 빵으로 변했을까요!

저는 이미 오래 전부터 마르틴 피트로비치가 사는 집을
구경하고 싶어했습니다. 그는 어떤 집에서 살고 있는 것일까?
한번은 그를 만나 말을 타고 그를 예시코프까지 (그의 영지를 그
렇게 불렀지요) 배웅하겠다고 했습니다.

"하하, 내 왕국을 구경하고 싶은 게로구나!"

마르틴 피트로비치가 말했습니다.

"좋아! 정원도 보여주고 집도 헛간도 다 보여주지. 우리 집에
는 이것저것 없는 것이 없어!"

우리는 곧 출발했습니다. 저희 시골에서 예시코프까지는 삼
베르스타 정도의 거리였습니다.

"자, 이곳이 내 왕국이다!"

마르틴 피트로비치는 갑자기 생기가 돌며 무거운 머리를 돌

리려 애를 쓰기도 하고 손을 들어 왼쪽 오른쪽을 가리켜 보였습니다.

"이게 다 내 거라고!"

하를로프의 영지는 약간의 경사가 있는 언덕의 맨 꼭대기에 위치하고 있었습니다. 아래의 작은 연못 주위에는 몇 채의 낡은 초가집이 있었습니다. 못 근처에는 한 늙은 여인이 시골 아낙네들이 입는 줄무늬 치마를 입고 뭉쳐진 옷들을 닥치는 대로 빨고 있는 모습이 보였습니다.

"악신야!"

마르틴 피트로비치가 옆 귀리밭에서 갈가마귀 떼가 놀러오기라도 한 듯한 큰 소리로 외쳤습니다.

"남편 옷을 빠는 게냐?"

늙은 여인은 급하게 뒤를 돌아보고는 허리를 숙여 인사를 했습니다.

"옷이요, 어르신."

그녀의 약한 목소리가 들렸습니다.

"저기, 저기! 저기를 봐라."

마르틴 피트로비치가 반쯤 썩은 밭고랑을 따라 빠르게 움직이며 계속 말했습니다.

"저것이 내 마구간이지, 저기 보이는 것은 농민들 것이고. 차이가 있지, 어때? 이것은 내 정원이야. 사과도 버들도 많이 심어 놓았지. 다 내가 심어 놓은 거라고. 전에 이곳에는 나무 한 그루도 없었거든. 자, 보고 배우거라."

우리는 울타리로 둘러싸인 뜰로 들어갔습니다. 문을 정면으

로 오래된 짚으로 엮어 만든 지붕이 보였고, 길게 서 있는 작은 기둥들이 있는 오래된 옛날의 별채가 있었습니다. 다른 쪽에는 좀더 새것 같아 보이는 작은 다락방이 있는, 하지만 역시 가는 기둥에 받쳐진 별채가 하나 더 있었습니다.

"자, 잘 배우라고."

하를로프가 말했습니다.

"봐라, 우리 아버지들이 어떤 형편없는 집에서 살았는지 보이지? 이젠 저기 내가 어떤 집들을 지었는지 보거라."

그 집들은 마치 장난감 같아 보였습니다. 어느 놈이 더 낫다고 할 것 없이 더럽고 못생긴 대여섯 마리의 개들이 나와 우리를 반겨주었습니다.

"셰퍼드란다!"

마르틴 피트로비치가 설명했습니다.

"진짜 크림산이지! 자, 자, 조용히들 해, 다 잡아서 교수형을 시키기 전에!"

새 별채의 발코니에는 헐렁한 무명옷을 입고 있는 마르틴 피트로비치의 큰딸 남편이 서 있는 게 보였습니다. 성큼성큼 길쪽으로 내려온 그는 올라오는 장인의 팔꿈치를 붙잡고는 다른 한 손으로는 마치 하를로프가 몸을 앞으로 숙이며 안장 너머로 넘겨 내리고 있는 다리를 잡기라도 할 듯한 시늉을 해보였습니다. 그리고는 제가 말에서 내리는 것을 도왔죠.

"안나!"

하를로프가 외쳤습니다.

"나탈리아 니콜라예브나의 아드님이 오셨어. 대접을 해야지.

그런데 예블람피유시카는 어디 갔니?"

(큰딸의 이름이 안나였고, 예블람피아는 작은딸이었습니다.)

"집에 없어요. 수레국화를 따러 들에 나갔어요."

문가의 창문으로 얼굴을 내밀며 안나가 대답했습니다.

"트보록(우유를 발효시켜 응고시킨 것)은 있니?"

하를로프가 물었습니다.

"있어요."

"크림도 있고?"

"있어요."

"그럼 상을 차려라. 난 내 방을 보여드리고 있을 테니. 이리로, 이쪽으로 오세요."

그가 저를 향해 말하며 검지손가락으로 오라는 표시를 했습니다. 그는 주인된 정중함을 보이려고 했던지 그의 집에서는 제게 말을 높였습니다. 그는 복도로 저를 안내했습니다.

"자, 제가 지내는 곳이지요."

옆걸음으로 넓은 문 안을 들어서며 그가 말했습니다.

"이곳이 제 방입니다. 들어오시지요!"

그 방이라는 곳은 가구가 없는, 거의 텅 빈 큰 방이었습니다. 고르지 않게 박힌 벽의 못에는 가죽 채찍과 붉은 삼각형 모자, 짧은 포신의 총과 검이 걸려 있었습니다. 그 외에도 번호가 적힌 이상한 멍에와 바람 속에 타고 있는 촛불이 그려진 그림이 있었습니다. 방의 한쪽 모서리에는 색이 현란한 천을 씌운 긴 의자가 있었고 백 마리는 족히 돼 보이는 파리들이 천장에 모여 윙윙거리고 있었습니다. 비록 방 안이 선선하긴 했지만 마

르틴 피트로비치와 늘 함께하는 그 특유의 숲 냄새가 가득했습
니다.

"내 방도 이만하면 쓸만하지?"

하를로프가 제게 물었습니다.

"아주 좋은 걸요."

"봐라, 저기 있는 것은 네덜란드 산 멍에란다."

하를로프는 다시 반말을 써가며 말을 계속했습니다.

"좋은 멍에군요."

"아주 실용적인 물건이야! 자, 이 가죽 냄새를 좀 맡아 보라
고!"

저는 냄새를 맡아 보았지요. 하지만 썩은 생선 냄새 이외에
는 아무 냄새도 나지 않더군요.

"자, 앉으시지요. 저기 의자에, 편히 생각하시고."

말을 마친 하를로프 자신은 긴 의자에 앉아 마치 잠이 든 것
처럼 보였습니다. 코까지 골기 시작했습니다. 저는 말없이 그
를 바라보며 감탄을 금할 수가 없었지요. 그것은 정말 하나의
큰 산이었습니다! 그가 갑자기 잠에서 깨어났습니다.

"안나!"

그가 소리쳤습니다. 그러자 그의 거대한 배가 위로 올라갔다
가 다시 떨어졌는데 그 모습은 마치 파도가 치는 것처럼 보였
습니다.

"왜 대답이 없어? 안 들려?"

"아버지, 다 준비됐어요. 오세요."

그의 딸 목소리가 들렸습니다.

저는 속으로 마르틴 피트로비치의 지시를 이행하는 속도에 감탄을 하며 그를 따라 흰 무늬가 있는 빨간 식탁보로 덮인 식탁이 있는 거실로 들어갔습니다. 상에는 이미 트보록과 크림, 밀가루 빵 그리고 생강 가루가 묻은 각설탕들이 준비돼 있었습니다. 제가 트보록을 먹고 있는 동안 마르틴 피트로비치는 부드러운 목소리로 제게 말했습니다.

"먹어라, 많이 먹어, 시골 음식이라고 가리지 말고."

말을 마친 그는 거실 구석에 자리를 잡고 앉아 다시 잠이 들었습니다. 제 앞에는 움직임이 없이 눈을 내리깐 안나 마르티노브나가 서 있었고 창 밖으로는 직접 고삐를 닦아내며 독일산인 저의 말을 돌보고 있는 그녀의 남편 모습이 보였습니다.

저 희 어머니는 하를로프의 큰딸을 거만하다 하시며 별로
좋아하시지 않았습니다. 안나 마르티노브나는 저희 어머니 덕
에 기숙학교에서 공부도 하고 결혼도 하고, 결혼식 날에는 천
루블짜리 지폐와 새것은 아니었지만 터키산 노란색 스카프도
선물 받았지만, 인사를 하러 저희 집에 들르는 일도 거의 없었
고 또한 저희 어머니 앞에서는 차갑게 격식을 차리며 앉아 있
을 뿐이었지요. 그녀는 중키에 가냘픈 몸매를 한, 생기 넘치는
숱 많은 붉은 빛 머리에 거무스름한 아름다운 얼굴이었지요.
그 얼굴에는 약간 이상하게 보이기도 했지만 예쁘장한 밝고 파
란 두 눈과 가늘고 날카로운 코, 역시 가느다란 입술, 그리고
'머리핀' 모양의 턱이 있었습니다. 그녀를 보는 사람들은 아마
'흠, 매우 영리하게 생겼군, 하지만 못돼 보이는데' 라고 생각

할 것입니다. 하지만 그녀에게는 뭔가 매력적인 면이 있었습니다. 그녀의 얼굴에 있는 깨알 같은 점들마저도 그녀의 매력을 강조하고 있었지요. 살그머니 머리 수건으로 손을 넣고 그녀는 위에서 (저는 앉아 있었고 그녀는 서 있었습니다) 저를 내려다보고 있었습니다. 선량하지 않은 미소가 그녀의 입술과 볼, 긴 속눈썹 그늘에 퍼져 있었습니다. '오, 이런 버릇 없는 도련님 같으니라고!' 그 미소는 마치 그런 말을 하는 듯 보였습니다. 그녀가 숨을 쉴 때마다 저는 그녀의 콧구멍이 조금씩 넓어지는 것을 보았습니다. 그것 역시 이상한 것이었지요. 하지만 그럼에도 만약 안나 마르티노브나가 저를 사랑해 준다면, 저와 입을 맞추고 싶어한다면 저는 기쁨에 천장까지 뛰어오를 것 같았지요. 물론 그녀가 엄하고 까다로운 여인이라는 것을, 하녀들이나 농노들이 그녀를 불 무서워하듯이 한다는 것을 제가 모르고 있었던 것은 아닙니다. 하지만 안나 마르티노브나는 역시 제 마음을 떨리게 했다는 겁니다! 하기야 저는 그때 열다섯의 나이였으니. 그 나이에는…….

마르틴 피트로비치가 다시 깨어났습니다.

"안나!"

그가 큰 소리로 말했습니다.

"피아노를 좀 쳐봐라. 젊은 도련님께서 좋아하시니까."

제가 돌아본 곳에 뭔가 피아노와 흡사한 것이 있었습니다.

"예, 아버지."

안나 마르티노브나가 대답했습니다.

"그런데 뭘 칠까요? 별로 재미가 없을 텐데요."

"학교에서 배운 거 있지 않니?"

"벌써 다 잊어버린 걸요, 피아노 줄도 끊어지고……."

안나 마르티노브나의 목소리는 마치 산속의 새소리처럼 듣기 좋고 풍성했습니다.

"그럼,"

마르틴 피트로비치가 말을 하고는 다시 생각에 잠겼습니다.

"그럼,"

그러다 그가 다시 말을 시작했습니다.

"헛간을 구경하러 가시지 않겠습니까? 발로지카가 데려다 줄 것입니다. 어이, 발로지카!"

그때까지 뜰에서 제 말을 돌보고 있던 사위를 향해 그가 외쳤습니다.

"헛간을 좀 보여드려, 그럴 게 아니라 두루두루 다 구경을 시켜 드리게. 난 눈을 좀 붙여야겠어. 그렇지! 그럼 좋은 시간 보내십시오!"

　그는 어디론가 나가 버렸고 저도 그를 따라 일어서서는 문으로 갔습니다. 안나 마르티노브나는 바로 재빠르게 뭔가 불만에 찬 표정으로 식탁을 치우기 시작했습니다. 문을 나서며 저는 돌아서서 그녀에게 고개 숙여 인사를 했지만 그녀는 제 인사를 못 보았는지 전보다 더 무서운 미소를 짓고 있을 뿐이었습니다.

　저는 하를로프의 사위에게서 제 말을 돌려 받고는 고삐를 끌며 걸었습니다. 하지만 우리는 그곳에서 아무런 흥미 있는 것도 찾아내지 못했고 더구나 그곳은 어린 소년이었던 저에게 농사일에 대한 아무런 애정도 불러일으키지 못했습니다. 우리는 정원을 지나 길로 나왔지요.

하를로프의 사위인 슬로드킨 블라디미르 바실레비치는 제가 잘 아는 사람이었습니다. 그는 하급 공무원으로 저희 어머니 밑에서 일을 하던 사람의 아들이었는데 고아가 된 후로는 어머니께서 키우셨지요. 처음에는 주변 학교를 다녔고 얼마 후에는 '영지의 사무소'에서 일을 하다가 나라에서 운영하는 가게에서 일을 하게 되었고 그러다 마르틴 피트로비치의 딸과 결혼을 하게 된 것입니다. 어머님께서는 그를 지존카(유태인을 가리키는 애칭)라고 부르셨는데 그의 고수머리와 늘 젖어 있는, 마치 삶은 자두 같은 그의 검은 눈, 매부리 코, 그리고 빨갛고 넓은 입은 정말 그를 유태인처럼 보이게 했습니다. 하지만 피부는 하얬지요. 결코 못생긴 사람은 아니었습니다. 그는 보통 때는 무척이나 친절한 사람이었습니다. 하지만 자신의 이익과

관계되는 일 앞에서는 욕심으로 눈물까지 흘리곤 했습니다. 천 쪼가리 하나 때문에 하루 종일 울며 조르기도 하고 백번이고 약속을 확인하다가, 제때에 들어 주지 않기라도 하면 화를 내며 먹지도 않고 토라져 있는 그를 자주 본 기억이 있습니다. 그는 소총을 들고 들판에 나가는 것을 즐겨했습니다. 그러다 어디선가 토끼나 오리라도 잡게 되면 특별히 신중을 기해 가며 그것들을 바구니에 넣고는 이렇게 말하는 것이었습니다. '차, 이젠 도망도 못 가겠지. 나를 위해 일을 해야지.'

"좋은 말을 가지고 계시군요."

그는 제가 말에 오르는 것을 도와주며 혀 짧은 소리로 말을 시작했습니다.

"저도 이런 말이 한 마리 있었으면 하는데, 어디서 구하겠습니까! 제게 그런 행운이……. 한번 어머님께 부탁 좀 드려 보시지 않으시겠어요?"

"어머니께서 주신다고 하시던가요?"

"아니요, 그저 마님은 워낙 인심이 후하시니까……."

"마르틴 피트로비치에게 부탁을 해보시지요."

"마르틴 피트로비치요!"

슬로드킨이 길게 늘이며 말했습니다.

"그분께는 저나 사환 아이 막심카나 다 한가지라니까요. 어디 일을 해도 상이 없으니 일꾼이나 다름없는 생활이지요."

"그게 정말이에요?"

"그럼요, 그렇고말고요. 부탁을 하나 안 하나 결과는 하나라니까요. 도끼로 자르듯이 딱 잘라 버리시니……. 거기다 제 아

내 안나 마르티노브나도 아버지에게서 예블람피아만큼의 사랑
은 못 받고 있는 처지고.”

　순간 그는 불현듯 절망하듯이 자신의 말을 스스로 막으며 손
을 흔들어댔습니다.

　“아이고, 이게 무슨 일입니까? 도련님, 여기 좀 보세요! 반
오시미니크(러시아의 옛날 지적 단위, 제샤치나의 4분의 1)나 되는
귀리를, 우리 귀리를, 누가, 어떤 나쁜 사람이 다 베어 갔습니
다. 이 근처 사람일 텐데. 도둑놈들, 도둑놈들! 아, 사람들 말대
로 예시코프, 베시코프, 예리나, 벨리나는 (네 개의 주변 시골 마
을의 이름입니다) 믿을 만한 곳이 아닌가 봅니다. 아이고, 이걸
어쩌나! 돈으로 치자면 일 루블 반, 이 루블은 족히 될 텐데!”

　슬로드킨의 목소리에는 울음이 섞여 있었습니다. 저는 말허
리를 차며 그에게서 멀어질 때까지 달렸습니다.

　슬로드킨의 외치는 소리는 그렇게 한참을 제 귀에 들려왔습
니다. 그러다 길이 돌아가는 곳에서 안나 마르티노브나가 수레
국화를 따러 갔다고 했던 그 하를로프의 둘째딸 예블람피아를
만났습니다. 그녀는 그 꽃이 가득한 화관을 쓰고 있었습니다.
우리는 조용히 고개를 끄덕이며 인사를 나누었죠. 예블람피아
도 결코 언니에게 뒤지지 않는 아름다운 아가씨였습니다. 하지
만 그들은 전혀 달랐지요. 그녀는 큰 키에 살이 찐 몸을 하고
있었습니다. 그녀의 모든 것이 매우 커 보였지요. 머리, 다리,
손, 흰 눈같이 하얀 치아, 부어오른 멍한 눈, 유리 구슬 같은 어
두운 파란색 눈동자. 그녀의 모든 것이 거대하게 여겨지기는
했지만 (달리 마르틴 피트로비치의 딸이겠습니까) 그래도 아름다

있습니다. 숱이 많은 밝은 색의 머리는 땋아 올려 어디에 둘지 몰랐는지 정수리 위에 두세 번 감아 올리고 있었습니다. 그녀의 입술은 매우 아름다웠고 마치 산딸기 색의 장미꽃 같은 신선함을 지니고 있었지요. 그녀가 뭔가 말을 할 때면 윗입술의 가운데가 귀엽게 올라가곤 했습니다. 하지만 그녀의 시선에는 뭔가 야만적인, 잔인한 것이 서려 있는 듯했지요. 마르틴 피트로비치는 그녀를 '자유로운 아가씨, 카자흐(러시아 동남부에 사는 유목 기마 민족)의 피'라고 불렀습니다. 저는 그녀를 조금 두려워했습니다. 그 당당한 아가씨는 제게 아버지를 연상시켰으니까요.

저는 다시 얼마를 가다가 그녀가 고르고 강하며 약간은 날카롭게, 거의 농사꾼 아낙네들의 목소리로 노래하는 소리를 들었습니다. 그러다 그 소리는 다시 멈추었지요. 저는 언덕 위에 올라 잘린 귀리 앞에 하를로프의 사위와 함께 서 있는 그녀를 바라보았습니다. 그는 손을 흔들어 인사를 했지만 그녀는 여전히 움직이지 않고 있었습니다. 그녀의 큰 몸매는 햇빛에 빛났고 머리 위의 국화 화관은 파랗고 선명하게 보였습니다.

저희 어머니께서 이 둘째딸을 위한 신랑감도 이미 골라 놓으셨다고 제가 말씀을 드렸지요. 그는 저희 이웃 중에 가장 가난한 사람 중의 하나로 퇴직한 소령 지트코프 가브릴로 페들리치였습니다. 그 자신의 말대로 이미 나이가 지긋한, 하지만 넘치는 자신감의 소유자로 자신을 '부서진 패잔병' 이라고 소개하는 그런 사람이었습니다. 그는 겨우 글을 알고 있는 정도였고 매우 어리숙한 사람이었지만 자신을 '행동가' 라고 생각하며 저희 어머니 저택에서 관리인 일을 맡게 될 것이라는 은근한 기대를 가지고 있었지요.

"다른 것은 몰라도 사람 속셈을 알아차리는 일이라면야 자신이 있지요."

그가 자신의 이를 갈아대며 말했습니다.

"그것은,"
그가 설명했습니다.
"제가 근무하면서 잘 배워 둔 덕분이지요."
만약 지트코프가 조금만 더 영리했다면 저희 어머니의 관리
인이 될 어떤 가능성도 없다는 것을 알았을 것입니다. 그러기
위해서는 일단 당시 저희 집 관리인으로 있었던 숙련된 크비친
스키를 내보내야 했는데, 문제는 어머니께서 그 폴란드인을 전
적으로 믿고 계셨다는 것입니다.

지트코프의 긴 얼굴은 말의 얼굴을 닮았는데 온통 지저분한
하얀 털로 덮여 있었죠. 눈 밑의 볼에까지 털들이 자라 있었는
데 아무리 추운 날씨에도 그 얼굴에는 이슬방울 같은 땀방울들
이 가득했습니다. 그는 저희 어머니 앞에만 서면 몸을 길게 세
우고, 얼마나 몸에 힘을 주고 있었는지 머리가 조금씩 떨렸죠.
그리고는 커다란 손으로 허벅지를 가볍게 치고 있었는데, 그
모습은 마치 '말씀만 하시면 달려가겠습니다!' 라고 말하는 듯
보였지요. 어머니께서도 그의 능력을 잘 아시는 터라 예블람피
아와의 결혼 문제를 놓고 적잖이 고민을 하셨습니다.

"그런데 자네 그 아이와 잘 살 수 있겠는가?"
어머니께서 그에게 물으셨습니다.
자신에 찬 미소를 지으며 지트코프가 대답했습니다.
"그럼요, 나탈리아 니콜라예브나! 한 소대를 제 손에 쥐고 있
었는데, 거기에 비하면 아무것도 아닌 걸요."
"그것은 소대고 나는 지금 아가씨, 자네 부인이 될 사람 얘기
를 하는 걸세."

어머니께서 불만스러우신 듯 말씀하셨습니다.

"아이고, 나탈리아 니콜라예브나!"

지트코프가 다시 큰 소리로 말했습니다.

"저도 잘 알지요. 상냥하신 아씨, 이 말 한마디면 다 통하는
걸요."

"흠!"

결국 저희 어머니께서는 결정을 내리셨습니다.

"예블람피아를 힘들게 하지나 말게."

어느 날, 아마도 유월의 어느 오후였을 것입니다. 마르틴 피트로비치가 왔다고 전하는 소리가 들렸습니다. 그는 벌써 일주일이나 저희 집에 오지 않았었고 더구나 그렇게 늦은 시간에 저희 집을 찾아오는 일은 아직 한번도 없었기 때문에 어머니께서 조금 놀라셨지요.

"무슨 일이라도 있는 겐가?"

어머니께서 작은 목소리로 물으셨습니다. 심각한 일이 있는 듯 창백한 얼굴로 방에 들어오자마자 문가의 의자에 털썩 주저앉는 그를 보고는 어머니께서는 큰 소리로 당신의 질문을 반복하셨습니다. 마르틴 피트로비치는 한참 동안 말없이 작은 눈으로 저희 어머니를 바라보기만 하다가 무겁게 한숨을 내쉬더니 다시 말이 없었습니다. 결국 그는 '한 가지 일 때문에, 그러니까 그 일은…… 그러한 이유에서……' 라며 말을 시작했습니다.

이렇게 알아들을 수 없는 몇 마디를 중얼거리던 그는 갑자기 일어나 나가 버렸습니다.

어머니는 종을 흔들어 하인을 부르시고는 쫓아가 마르틴 피트로비치를 모시고 오라고 하셨지만 이미 그는 말을 타고 떠나 버리고 없었습니다.

다음 날 아침, 마르틴 피트로비치의 이상한 행동과 예사롭지 않은 표정에 놀라고 걱정까지 하시던 어머니께서는 그의 집으로 급사를 보내시기로 하셨지요. 그런데 그때 이번엔 조금 진정을 한 듯 보이는 그가 스스로 어머니 앞에 나타났습니다.

"무슨 일인가? 말을 해보게."

그를 보자마자 어머니께서 외치셨습니다.

"무슨 일이라도 생긴 건가? 난 어제 노년의 나이에 그만 자네가 정신이 나가 버린 게 아닌가 생각을 했다네."

"마님, 정신이 나간 것이 아닙니다."

마르틴 피트로비치가 대답했습니다.

"제가 어디 그럴 사람입니까. 그런데 의논할 일이 있습니다."

"무슨 일인데 그러는가?"

"혹시 이 이야기 때문에 기분이 상하시지나 않을는지……."

"말해 보게, 말하라고. 쉽게 좀 말을 해보게. 나를 그만 놀래키고! 그래, 무슨 일인가? 자, 편안하게 생각하고 얘기하게나. 다시 우울증에라도 빠진 겐가?"

하를로프가 얼굴을 찌푸렸습니다.

"아닙니다. 우울증이 아닙니다. 초승달이 뜰 때만 우울해지는 걸요. 그런데 마님, 여쭈어 볼 것이 있습니다. 죽음에 대해서 어떻게 생각하고 계십니까?"

어머니께서는 당황하신 듯하셨습니다.

"무엇에 대해서?"

"죽음이요, 이 세상 사람 중에 죽음을 맞지 않는 사람이 있을까요?"

"아니, 그건 또 무슨 얘긴가? 누가 죽지 않고 영원히 살 수 있단 말인가? 자네가 이 땅에 태어났듯이 죽음도 당연히 오는 것이라네."

"오는군요! 오, 와요!"

하를로프는 머리를 감싸안고 눈을 아래로 향했습니다.

"제가 꿈 같은 환상을 보았습니다."

드디어 몸을 세우며 그가 말했습니다.

"뭐라고?"

어머니께서 그의 말을 끊으시며 물으셨습니다.

"환상이요."

그가 반복했습니다.

"저는 꿈으로 앞일을 알 수 있지요."

"자네가?"

"예! 마님께서는 모르고 계셨습니까?"

하를로프는 한숨을 내쉬었습니다.

"그러니까 한 일주일 전쯤, 피트로프 금식을 하루 앞두고 제가 잠이 들었을 때입니다. 점심을 먹고 누워서 조금 쉰다는 게

그만 잠이 들고 말았지요. 그런데 갑자기 방 안에서 까마귀 새끼 한 마리가 바로 저를 향해 날아오는 것이 보였습니다. 그러더니 그 까마귀 새끼가 장난을 치며 이를 바득바득 가는 것 아니겠습니까, 무슨 딱정벌레 같은 소리를 내면서 말입니다."

하를로프가 말을 멈추었습니다.

"그래서?"

어머니께서 재촉하셨습니다.

"그러더니 갑자기 그 까마귀가 휙 하고 돌아서서는 제 왼쪽 무릎과 팔꿈치를 마구 쪼아대지 뭡니까! 제가 일어났을 땐 왼손과 다리가 말을 듣지 않았습니다. 지금은 마비가 좀 풀린 것 같지만 그래도 아직 뼈마디가 저립니다. 손바닥만 펴도 저리기 시작합니다."

"마르틴 피트로비치, 손을 누르고 자서 그런 것일 게야."

"아니요, 마님. 무슨 말씀을 하시는 겁니까? 제 죽음에 대한 경고라니까요."

"아이고! 원, 자네도!"

어머님께서 말씀을 시작하시려고 하셨습니다.

"경고예요! 인간에게 준비하라는! 그래서 마님, 제가 급하게 말씀드리려고 한 것입니다."

하를로프의 목소리가 점점 높아졌습니다.

"그래서 제게, 하늘의 종에게 죽음이 불시에 닥치는 일이 없도록 하기 위해 전 제 두 딸 안나와 예블람피아에게 미리 재산을 나누어 주고 준비를 할 생각입니다."

마르틴 피트로비치는 잠시 말을 멈추고 신음소리를 내고는 덧붙였습니다.

"한시라도 서둘러서 말입니다."

"그래, 좋은 생각일세."

어머니께서 대답셨습니다.

"그런데 그렇게 서두를 필요가 뭐 있겠는가?"

"제가 이 일을,"

하를로프는 더 큰 소리로 말을 계속했죠.

"질서와 법에 따라 하기 위해 마님의 아드님 드미트리 세묘노비치, 예 도련님, 그러니까 드미트리 세묘노비치께서 출가한 제 딸 안나와 아직 처녀인 예블람피아에게 제가 재산을 공식적으로 상속하는 그 자리에 같이 계셔 주시기를 부탁드립니다. 그 일은 내일 모레 낮 열두 시 제 영지인 예시코프에서 권력과 지위가 있으신 코쥴킨을 모시고 할 예정입니다."

마르틴 피트로비치는 잦은 한숨을 섞어 가며 미리 외어 둔 것 같은 이 말을 더듬더듬 겨우 마쳤습니다.

"그러면 서류는 벌써 다 준비해 놓았는가?"

어머니께서 물으셨습니다. 그는 고개를 끄덕였습니다.

"아니, 어느새 그걸 다?"

"그럼요……. 먹지도 자지도 않으며 썼는 걸요……."

"자네가 직접 썼는가?"

"오, 발로지카가 도와줬습니다."

"그럼 청원서도 이미 냈는가?"

"예, 관청과 마을 법정에서는 이미 서명을 받았고 임시 지역 재판에 대해서도 얘기가 끝났습니다."

어머니께서 웃음을 터뜨리시며 말씀하셨습니다.

"흠, 자네 마르틴 피트로비치, 금세도 준비를 다 했군 그래! 돈이 아깝지 않았나?"

"아니요, 마님. 아깝지 않았습니다."

"그래, 그래, 말은 나와 의논하러 왔다고 하더니. 그래, 내 아들, 미친카를 보내 주지, 수비니르를 딸려 보내겠네. 크비친스키에게도 내 알림세, 그런데 가브릴로 페들리치는 불렀는가?"

"가브릴로 페들리치…… 지트코프 씨요. 물론 제가 직접 알렸습니다. 약혼자니 당연히 알아야지요!"

마르틴 피트로비치는 더 이상 말을 할 힘이 없는 듯 보였습니다. 헌데 제가 알기에는 평소 그는 저희 어머니께서 정해 주신 둘째딸의 약혼자를 그리 달가워하지 않았습니다. 어쩌면 딸

예블람피유시카에게 더 나은 상대가 나타나기를 기다렸는지도
모르지요.

피트로비치는 의자에서 일어나 발을 끌었습니다.

"승낙해 주셔서 감사합니다!"

"어디를 가려는 건가?"

어머니께서 물으셨습니다.

"앉아 있게, 내 먹을 것을 좀 내오라고 하지."

"아니요, 괜찮습니다."

하를로프가 대답했습니다.

"이젠 오, 집으로 가봐야겠습니다."

그는 뒷걸음으로 나가며 평소대로 몸을 옆으로 돌려 문을 나
서려는 참이었습니다.

"잠깐, 잠깐."

어머니께서는 여전히 그에게 말씀을 하고 계셨습니다.

"그러면 정말 자네 하나도 남기지 않고 딸들에게 다 나누어
줄 참인가?"

"예, 하나도 남김없이."

"아, 그러면 자네는 어디서 살고?"

하를로프는 손까지 내저으며 말을 했습니다.

"어디라니요? 제 집에서 살지요, 지금까지 살던 대로 앞으로
도 그대로 사는 거지요. 무슨 변화가 있겠습니까?"

"자네 딸들과 사위를 그렇게 믿고 있나?"

"아, 발로지카에 대해 하시는 말씀이십니까? 그 허수아비
요? 그놈이라면 제 맘대로 할 수 있지요. 그놈이 무슨 힘이 있

습니까? 그 애들은 그러니까, 제 딸들이야 제가 죽는 날까지
저를 먹이고 입히고 보살펴 줄 겁니다. 그게 그 애들의 가장 중
요한 할 일 아니겠습니까! 더구나 제가 오래 그 애들을 귀찮게
할 것도 아닌데요. 죽음은 산 너머가 아니라 바로 제 어깨 뒤에
있습니다."

"죽는 것은 하나님만이 아시는 일이네."

어머니께서 말씀하셨습니다.

"그래, 마땅히 그 애들이 해야 할 일이지. 그런데 자네 용서
하게, 자네 큰딸 안나는 다 아는 깍쟁이고, 둘째딸도 좀 까다로
운 성미이지 않은가……."

"나탈리아 니콜라예브나!"

그가 어머니를 가로막으며 말했습니다.

"무슨 그런 말씀을! 그 애들이 제 말을 거역하다니요! 제 말
을 따르지 않는다니요! 감히 어떻게? 아버지 말을요? 그렇게
순종만 하면서 지금까지 살아온 아이들인데……. 갑자기, 그
런!"

하를로프는 기침을 해 가며 거친 목소리로 말을 하고 있었습
니다.

"그래, 알았네, 알았어."

어머니께서는 급히 그를 진정시키시며 말씀하셨습니다.

"단지 왜 지금 재산을 나누어 주려고 하는지 알 수가 없어서
그러는 걸세. 어차피 자네가 세상을 뜨고 나면 재산은 그 애들
것이 되는 건데. 아마도 자네의 그 우울증이 또 문제를 일으킨
게 아닌가 싶네."

"에이, 마님!"

그는 조금 성이 난 기색으로 말했습니다.

"왜 자꾸 우울증 말씀만 하시는 겁니까? 아니, 뭔가 높은 힘이 작용한다고 말씀드렸는데도 우울증 타령만 하시다니요! 저는 제가 아직 살아 있는 동안 누가 무엇을 가질 것인지, 내가 누구에게 어떤 상을 줄 것인지 알게 하려고, 그리고 그것을 얻은 사람이 감사하고 아버지가 은혜 내린 그것을 잘 돌보게 하려고 그런 결정을 내린 것입니다."

하를로프의 목소리가 다시 끊겼습니다.

"그만하게, 알았네."

어머니가 그를 막으시며 말씀하셨습니다.

"그러다가는 까마귀 새끼가 지금 당장 나타나겠어."

"오, 나탈리아 니콜라예브나, 제게 그 이야기는 하지 마십시오!"

신음소리를 내며 하를로프가 말했습니다.

"죽음이 저를 찾아왔습니다. 이젠 가봐야겠군요. 그럼 도련님, 내일 모레 정오에 기다리고 있겠습니다!"

마르틴 피트로비치가 나간 후 어머니께서 고개를 가로저으시며 말씀하셨습니다.

"잘 하는 일이 아니야."

어머니께서 속삭이셨습니다.

"무슨 일이 생겨도 생기지. 너 보았니?"

어머니가 제게 물으셨습니다.

"그 사람 말하는데 햇빛에 눈이 부신 것처럼 눈을 찌푸리는

거 보았니? 이건 나쁜 징조야, 가슴 아픈 일이 생기거나 뭔가
안 좋은 일이 생기려는 게 분명해. 내일 모레 비켄치 오시포비
치와 수비니르를 데리고 다녀오도록 해라."

정해진 날이 오자 여섯 마리의 흑갈색 말이 끄는 오래 전
부터 물려 내려온 마차가 수염이 하얗고 살이 찐 가장 중요한
마부 자리에 앉은 마부 알렉세이치와 함께 부드럽게 집 뜰을
나서고 있었습니다. 하를로프가 하려는 일의 중요성과 우리를
초대할 때의 그 진지함이 어머니의 마음을 움직였던 모양입니
다. 어머니께서 직접 그 특별한 마차를 준비시키고 저와 수비
니르에게는 정장을 입도록 분부하셨으니까요. 어머니께서는
자신이 아끼는 사람을 빛나 보이게 하시고 싶었던 것 같습니
다. 크비친스키라는 사람은 항상 연미복을 입고 하얀 넥타이를
하고 다녔지요. 수비니르는 길을 가는 동안 까치처럼 꺅꺅거리
며 낄낄거리기도 하면서 형님이 자기에게 뭘 줄까 혼자 중얼거
렸습니다. 그러면서도 그는 형님을 괴물, 도깨비라 부르는 것

이었습니다. 엄하고 점잖은 크비친스키는 결국 참지 못하고 한 마디했지요.

"그런 의미 없는,"

그가 강한 폴란드 억양으로 말했습니다.

"말을 하시는 게 그렇게도 즐거우십니까? 아니, 아무짝에도 쓸모없는 (그가 좋아하는 표현이었지요) 말을 안 하고 조용히 앉아 있기가, 그래 그렇게도 힘든 일이란 말입니까?"

"아, 알았어요."

수비니르가 퉁명스럽게 대답하고는 사시(斜視)를 창문 쪽으로 돌렸습니다. 겨우 십오 분도 채 안 가서 말이 새 마구끈 밑으로 땀을 흘리기 시작했을 때 이미 하를로프의 저택이 눈에 들어왔습니다. 우리를 태운 마차가 활짝 열린 대문 안으로 들어섰습니다. 겨우 말 높이의 절반쯤 되는 곳에 발이 닿을 정도로 키가 작은 마부는 어린아이같이 끙끙소리를 내며 말에서 뛰어내렸습니다. 그와 동시에 알렉세이치의 팔꿈치는 앞으로 나오며 조금 위로 올라갔습니다. 말들이 히힝거리는 소리가 들렸고 우리는 멈추었습니다. 개 짖는 소리와 배가 훤히 드러나 보이게 조금 긴 듯해 보이는 웃도리를 풀어헤친 꼬마들이 우리를 맞았습니다. 얼마 안 있어 그들은 어디론가 사라져 버렸지요. 문 앞에는 하를로프의 사위가 서서 우리를 기다리고 있었습니다. 특별히 눈에 들어온 것은 삼위일체 절기에 하듯이 집 양쪽에 걸어 놓은 자작나무였습니다.

"축제 중의 축제로군!"

수비니르가 가장 먼저 마차에서 내리며 콧소리로 흥얼거렸습니다. 정말이지 모든 것이 축제처럼 보였습니다. 하를로프의 사위는 지나칠 만큼 꼭 맞는 연미복에 지도가 그려져 있는 리본장식이 달린 비로드 넥타이를 두르고 있었습니다. 그의 등뒤에서 고개를 내민 막심카는 어찌나 크바스(러시아의 곡류 발효 음료수)를 머리에 많이 발랐던지 그것이 뚝뚝 떨어지고 있었지요. 우리는 거실로 들어가 방 가운데 동요 없이 고결하게, 그야말로 고결하게 앉아 있는 마르틴 피트로비치의 모습을 볼 수 있었습니다. 수비니르와 크비친스키가 그의 거대한 풍채를 보고 무엇을 느꼈는지 모르지만 저는 그에게서 어떤 경건함 같은 것을 느꼈습니다. 마르틴 피트로비치는 전쟁 십이 년 기념일에 입었던 것으로 보이는 회색 군복과 검은 깃을 세운 카자킨을 입었으며 가슴에는 동 훈장이 보였고 허리에는 검을 차고 있었습니다. 그는 왼손을 검의 손잡이 위에 살짝 올려놓고, 오른손은 붉은 나사천이 덮인 책상 위를 짚으며 앉아 있었습니다. 뭔가가 가득히 써 있는 두 장의 종이가 그 책상 위에 놓여 있었죠. 하를로프는 그렇게 가만히 앉아 있었습니다. 숨을 헐떡이는 소리조차 들리지 않았습니다. 그 자세에서는 자신감이 배어나왔고 전반적으로 그에게서는 너무도 확실하고 한이 없는 자신의 권력에 대한 믿음이 흐르고 있는 것이 보였습니다. 그는 고개를 조금 숙이는 것으로 우리에게 인사를 대신하고 말했습니다.

"앉으시지요."

왼손의 검지손가락으로 가까이 놓여 있는 의자를 가리켜 보였습니다. 거실의 오른편에는 주일처럼 차려입은 하를로프의

두 딸이 서 있었습니다. 안나는 옅은 초록색의 두 겹으로 된 드레스에 노란색 실크 허리띠를 하고 있었고, 예블람피아는 분홍색 드레스에 붉은색 허리띠를 하고 있었지요. 그들의 옆에는 새 양복을 입은 지트코프가 여전히 바보스럽고 욕심 많은 눈을 하고, 평소보다 더 심하게 털이 많아 보이는 얼굴에 땀을 흘리며 서 있었습니다. 왼쪽 편에는 담배색의 낡은 사제복을 입은 굵은 갈색 머리카락의 늙은 사제가 서 있었습니다. 그 머리칼과 슬프게 보이는 흐리멍덩한 눈동자, 마치 무거운 짐이라도 들고 난 것처럼 무릎 위에 힘없이 놓여 있는 거친 손, 사제복 밑으로 보이는 더러운 장화, 이 모든 것이 그의 어렵고 기쁘지만은 않은 생활을 말해 주고 있었습니다. 그는 가난한 교구에서 일하는 사제였습니다. 그 바로 옆에는 뚱뚱하고 살이 흰, 기

분 나쁘게 생긴 구 경찰서장 나리께서 자리하고 계셨죠. 통통
하고 짧은 팔다리, 검은 눈, 짧게 깎은 검은 수염과 즐거워 보
이지만 어딘지 보기 흉한 미소를 띤 얼굴의 그는 뇌물을 많이
챙기기로 유명했던, 당시의 표현을 빌리자면 폭군이었지만 지
주들뿐 아니라 농부들까지 그에게 익숙해졌는지 그를 잘 따랐
습니다. 그는 약간 비아냥거리는 듯한 표정으로 조소를 띠고
주위에서 일어나는 일을 보고 있었습니다. 그가 이 '의식'을
우스워하고 있다는 것을 한눈에 알아차릴 수 있었지요. 그가
정말 관심을 가지고 있었던 것은 앞에 놓인 보드카와 음식뿐이
었습니다. 하지만 그의 옆에 서 있는 긴 얼굴을 가진 바싹 마
른, 알렉산드르 1세 때 유행하던 식으로 옷깃을 귀에서부터 코
까지 세워 올린 재판소의 감독관(정식 판사가 아닌 지방에서 판사
의 직무를 대행하는 사람)은 마르틴 피트로비치의 이번 일을 굉
장히 심각하게 받아들이며 엄숙하게 보이는 큰 눈으로 그를 바
라보고 있었습니다. 너무 지나치게 동정을 하고 긴장했는지 그
의 입술이 삐쭉거리며 움직이는 것이 보였습니다. 그렇다고 그
가 입을 벌리고 있었던 것은 아닙니다. 수비니르는 먼저 제게
그 사람이 우리 고장 최초의 프리 메이슨(1717년 런던에서 설립
되어 곧 전 유럽에 퍼진 국제적 비밀 결사. 18세기의 계몽주의 정신
에서 생긴 초인종적, 초계급적, 초국가적, 상애적(相愛的), 평화적 인
도주의를 받들며 각국의 왕후를 비롯하여 정치, 학문, 예술상의 명사
들이 다수 회원이 됨)의 일원이라고 속삭이고는 그의 옆에 붙어
서서는 뭔가 그에게 말을 하고 있었습니다. 그 임시 지역 재판
이라는 것은 원래 구 경찰서장과 재판소 감독관, 그리고 지방

경찰서장의 출석 하에 열리는 것이었는데 지방 경찰서장은 오
지 않았거나 아니면 그가 어디선가 왔다갔다하는 것이 제 눈에
띄질 않았는지 여하간 저는 그를 보지 못했습니다. 하기야 그
는 시골에서 '기억하지 않는 사람'이라는 말이 있듯이 '존재하
지 않는 사람'이라는 별명으로 불렸습니다. 폴란드인의 얼굴에
는 이 '아무짝에도 쓸모없는 일'에 대해서 허튼 시간낭비라고
생각하는 그의 불만이 드러나 있었지요.
　'어르신들, 이 사치스러운 러시아의 환상!'
　저는 그가 그렇게 혼잣말을 하고 있을 것이라고 생각했지요.
　'아, 이 러시아인들이란!'

우리 모두가 자리에 앉자 마르틴 피트로비치는 헛기침을
한번 하고 곰 같은 눈으로 모두를 둘러본 후 큰 소리로 한숨을
내쉬었습니다. 그리고는 시작했습니다.

"친애하는 여러분! 다음과 같은 일이 있어 제가 여러분을 모
시게 되었습니다. 저는 나이가 먹어 가고 몸은 점차 허약해지
고 있습니다. 그리고 죽음에 대한 경고를 보았고, 또 죽음이 얼
마나 빨리 올지도 모르는 일이고 해서…… 안 그렇습니까?"

그가 사제를 향해 물었습니다.

사제는 갑자기 정신을 차린 듯이 대답했습니다.

"그럼, 그럼요."

중얼거리는 그의 턱이 떨리는 게 보였습니다.

"그래서,"

불현듯 목소리를 높이며 마르틴 피트로비치가 말을 이었습니다.

"그 죽음이 제게 불시에 닥치는 일이 없도록, 저는……."

마르틴 피트로비치는 이틀 전 저희 어머니 앞에서 했던 말을 단어 하나 틀리지 않게 그대로 반복하고 있었습니다.

"제 결정에 따라,"

이번에는 더 큰 소리로 소리치듯 말을 하기 시작했습니다.

"이 증서는 (그는 주먹으로 책상에 있는 종이를 쳐 보였습니다) 제 손으로 썼으며 이것을 확인해 주실 증인들도 이제 다 오셨으니 제 뜻이 어떠하며 어떤 조항들이 있는지 보시기 바랍니다."

마르틴 피트로비치는 철테를 두른 자신의 둥그런 안경을 코에 걸고 책상 위에 있는 종이 중 한 장을 들고 읽기 시작했습니다.

"이 문서는 보병대 하사관이자 오래된 귀족 가문의 마르틴 하를로프가 온전한 정신으로 자신의 의견만을 적은 것입니다. 두 딸 안나와 예블람피아는, 인사들 하거라, (하를로프의 말에 두 딸은 고개를 숙여 인사를 했습니다) 이런이런 재산을 가질 것이고, 하인과 가축들 그밖의 것들을 이렇게 나누어 갖게 될 것입니다. 재산의 소유자의 손으로 써놓았습니다."

"이건 종이 조각에 불과하다고."

구 경찰서장이 크비친스키의 귀에 대고 속삭였습니다.

"그저 듣기 좋으라고 읽는 거지. 법적 서류에도 형식이라는 게 있거든. 저런 군더더기 말들은 다 필요가 없어."

수비니르가 낄낄거리기 시작했습니다.

"내 뜻에 동의하십니까!"

경찰서장의 지적을 놓치지 않은 하를로프가 끼어들며 말했습니다.

"그럼요, 동의합니다."

경찰서장이 유쾌한 목소리로 서둘러 대답했습니다.

"하지만 마르틴 피트로비치, 형식을 피할 수는 없는 일입니다. 그리고 필요 없는 설명은 빼셔야지요. 얼룩소나 터키 오리장에 대해서는, 절대 그런 문서에 들어갈 사항이 아니지요."

"이리 와!"

우리 뒤를 따라 들어와 신나는 얼굴을 하고 문 앞에 서 있던 사위를 보며 하를로프가 말했습니다. 말이 떨어지기가 무섭게 그가 장인에게로 달려왔습니다.

"자, 들고 읽어! 난 힘이 들어서. 하지만 알아들을 수 없는 소리로 중얼거리지는 말라고! 여기 계신 모든 분들이 잘 알아들으실 수 있게 읽어."

슬로드킨은 두 손으로 종이를 들고 조금은 떨리는 목소리로, 하지만 감정까지 섞어 가며 상속서를 읽기 시작했습니다. 정말 자세하게 안나가 무엇을 가질 것이고 예블람피아가 무엇을 가지게 될 것인지, 어떻게 나눌 것인지가 적혀 있었습니다. 하를로프는 가끔씩 읽기를 멈추게 하고는 '안나, 들었니? 이건 네 노력의 대가로 주는 거다' 혹은 '이건 네게 주는 거야, 예블람피유시카!' 라고 말했습니다. 그러면 두 딸은 정중하게 인사를 했지요. 안나는 허리까지 굽혀서 하고 예블람피아는 단지 고개만 숙여서. 하를로프는 엄한 얼굴을 하고 그들을 바라보고 있었지요. 새로 지은 별채는 관습대로 작은딸인 예블람피아에게 상속되었습니다. 읽는 이의 목소리는 그에게 달갑지 않은 부분을 읽을 때마다 더 커지거나 떨렸고 한편 지트코프는 군침을 삼키고 있었습니다. 예블람피아는 그런 그를 비웃듯이 바라보고 있었습니다. 만약 제가 지트코프였다면 그런 시선을 기분좋게 느낄 수만은 없었을 거라는 생각을 했지요. 러시아 시골 처녀들이 보통 가지고 있는 냉소적인 표정은 예블람피아의 얼굴에서 그날 따라 매우 두드러져 보였습니다. 마르틴 피트로비치 자신에게는 지금 살고 있는 그 방에서 계속 지낼 권리와 (하를로프는 '친위대의 이름으로' 라고 혼잣말을 했습니다) 그밖에도 '신선한 식량' 과 매달 옷과 신발을 사기 위해 십 루블을 가질 권리가 있었습니다. 상속서의 끝 부분은 마르틴 피트로비치 자신이 직접 읽기를 원했습니다.

"그리고 이 아버지의 뜻을,"

그렇게 시작했습니다.

"두 딸이 법을 따르듯 따를 것을 당부한다. 이 세상에는 하나님 다음으로 아버지가 가장 높은 사람이고 이 아버지는 다른 누구에게도 구차하게 군 적이 없고 앞으로도 그런 일이 없을 것이기 때문이다. 만약 뜻을 잘 따른다면 아버지의 축복을 받을 것이고, 그럴 리 없을 테지만 만에 하나라도 거역하는 일이 생기면 무서운 아버지의 저주를 받을 것이다. 아멘."

하를로프는 종이를 머리 위로 높이 쳐들었습니다. 그러자 안나는 무릎을 꿇고 이마를 바닥에 댔습니다. 그녀를 따라 남편도 같이 엎드렸습니다.

"너는 왜 가만히 있느냐?"

하를로프가 예블람피아를 향해 말했습니다. 그녀는 깜짝 놀라 엎드려 절을 했습니다. 지트코프는 이미 몸을 다 숙이고 있었지요.

"서명을 하거라!"

하를로프가 종이의 끝을 가리키며 말했습니다.

"여기에 '감사함으로 받습니다, 안나! 감사함으로 받습니다, 예블람피아!' 라고."

두 딸은 일어나 각각 서명을 했습니다. 슬로드킨도 자리에서 일어나 펜을 잡으러 왔지만 하를로프는 가운뎃손가락으로 넥타이 있는 곳을 치며 그를 밀어냈습니다. 그는 하는 수 없이 잠자코 있었습니다. 그리고는 얼마 동안 침묵이 흘렀습니다. 그러다 갑자기 마르틴 피트로비치가 '자, 이제 모두 너희들 것이다' 라고 말을 하고는 흐느껴 울며 다른 쪽으로 몸을 돌렸습니다. 딸들과 사위는 그에게 다가가 팔뚝 위에 입을 맞추기 시작했습니다. 그들은 그의 어깨까지 닿을 수 없었지요.

경찰서장은 마르틴 피트로비치가 쓴 이 문서, 상속서를 읽어보았습니다. 그리고는 재판소 감독관과 함께 밖으로 나가 문 앞에 모인 이웃들과 하를로프의 농부들, 그리고 증인들에게 결정된 사항을 공표하였습니다. 얼마 후에 두 명의 새 영지 주인의 임명식이 있었습니다. 경찰서장은 발코니에 나와 있던 그들을 가리키며 한쪽 눈썹을 올려 보이며 태평해 보이기만 한 얼굴에 엄한 표정을 더하고는 농부들에게 '순종' 할 것을 명령했습니다. 저는 하를로프의 농부들보다 더 순종적인 사람들은 본 적이 없었습니다. 그래서 그의 그러한 명령은 불필요한 것이라고 생각했지요. 낡은 외투를 걸치고 다 떨어진 가죽옷을 입은, 하지만 축제의 격식에 맞추기 위해 허리띠를 단단히 동여매고 있는 그들은 돌처럼 움직이지 않고 서 있다가 경찰서장이 '잘 들으라고, 이 악마들아! 알아듣겠어, 이 귀신 같은 것들아' 라는 식의 말을 할 때면 마치 군인들처럼 동시에 두 손으로 모자를 감싸고는 마르틴 피트로비치가 보이는 창 쪽을 바라보던 시선을 다같이 떨구는 것이었습니다. 증인들로 불린 농민들까지도 조금은 두려워하는 눈초리였습니다.

"여러분들 중 마르틴 피트로비치 하를로프의 두 따님께서 유일한 상속자가 되는 것에 반대하시는 분이 계십니까?"

그들에게 경찰서장이 큰 소리로 외쳤습니다. 그러자 모든 증인들이 한자리로 모였습니다.

"반대하는 사람 있어, 이 악마들아!"

경찰서장이 다시 외쳤습니다.

"없습니다, 나리. 없습지요."

퇴직한 군인으로 수염을 짧게 자른 구부러진 노인이 용감하게 대답했습니다.

"그래, 예레비치. 용감도 하지!"

경찰서장의 간청에도 불구하고 하를로프는 딸들과 함께 발코니로 나오지 않았습니다.

"내 식솔들은 그렇게 하지 않아도 제 말이라면 다 따릅니다!"

그가 대답했습니다. 문서를 읽는 동안 그는 어딘지 우울해 보였습니다. 그의 얼굴은 창백해졌습니다. 전에 없는 슬픈 표정은 거대한 마르틴 피트로비치의 풍채에는 전혀 어울리지 않았습니다. 그래서 저는 어떻게 생각해야 하는지 알 수가 없었지요. 우울증에 빠진 건 아닐까? 농노들 역시 나름대로 뭔가

이상한 것을 느끼고 있는 듯했습니다. 하기야 생각해 보십시오! '주인이 저렇게 건강하게 서 있는데, 다른 사람도 아닌 마르틴 피트로비치인데, 갑자기 주인의 자리를 내놓다니…….원 세상에!' 하를로프가 그런 자신의 '충성스런 백성'들의 생각을 알아차린 것인지, 마지막으로 위신을 과시하려 했던 것인지는 알 수 없지만 어쨌든 그는 불현듯 일어나 작은 창문을 열고 그곳으로 머리를 내밀고는 웅장한 목소리로 외쳤습니다.

"순종하라!"

그리고는 창문을 닫아 버렸습니다. 이것으로 인해서 농민들의 어리둥절함은 더 줄어들지도 사라지지도 않았습니다. 그들은 더 긴장을 해서 아무 곳도 바라보지 못하고 있었지요. 하인의 무리는 (그 중에는 짧은 사라사로 된 치마를 입고 미켈란젤로의 '최후의 심판'에서나 볼 듯한 무시무시한 종아리를 가진 두 명의 몸집이 큰 젊은 여자들이 있었고, 또 한 명은 인디언보다도 더 오래 살았을 것 같은 늙고 반은 장님인 노인이 거칠게 보푸라기가 일어난 외투를 입고 있었습니다. 그는, 소문에 의하면, 파촘킨 시대에는 호른 부는 일을 했다고 합니다. 사환 아이 막심카는 하를로프가 자신에게 남겨두었습니다) 그래도 자리를 바꾸어 서기도 하며 농노들보다는 활기 있어 보였습니다. 한편 새 여주인들은 무척 근엄하게 서 있었지요. 특히 안나는 바싹 마른 입술을 굳게 다물고 뚫어져라 아래를 내려다보고 있었습니다. 이 마른 몸매는 하인들에게 그렇게 좋은 소식이 되진 못했지요. 예블람피아 역시 눈을 들지 않고 있었습니다. 다만 약혼자 지트코프가 슬로드킨을 따라 발코니로 나오자 한번 몸을 돌려 놀란 듯한 눈으로 그를 바

라보았습니다. 그녀의 약간 부어오른 아름다운 눈들은 이렇게
말하고 있는 것 같았습니다.

'무슨 권리로 여기 와 있는 거야?'

슬로드킨, 아마도 그가 어느 누구보다 많이 변했을 것입니
다. 그는 갑자기 무슨 식욕이라도 생긴 듯이 생기가 돌기 시작
했습니다. 머리와 발의 움직임은 여전히 비굴했지만 그의 손만
은 기쁨에 찬 듯 움직였고 팔꿈치는 쉴새없이 자리를 바꾸고
있었습니다.

"드디어 여기까지 왔군!"

영주 임명 '의식'을 끝낸 경찰서장은 먹을 때가 가까웠다는
생각에 턱 밑으로 군침을 흘리며 '첫 술잔으로 자신을 적시기'
전에 늘 하던 대로 이상하게 손을 비벼댔습니다. 하지만 마르
틴 피트로비치는 먼저 성수를 뿌리는 기도식을 올리길 원했습
니다. 사제는 다 떨어진 사제복을 입고 있었고 부엌에서는 오
래된 향함의 향을 힘들여 불며 다 죽어 가는 듯한 늙은 집사가
나왔습니다. 기도식이 시작됐습니다. 하를로프는 계속해서 숨
을 몰아 쉬고 있었습니다. 그는 큰 몸 때문에 땅에 엎드리지는
못했지만 오른손으로 성호를 그으며 머리를 숙이고는 왼손의
엄지손가락으로 땅을 가리켰습니다. 슬로드킨은 기쁨에 그만
눈물까지 흘리고 있었습니다. 지트코프는 점잖게 군인다운 모
습으로 새 양복의 세 번째와 네 번째 단추 사이를 손가락으로
가볍게 튕기고 있었습니다. 가톨릭 신자였던 크비친스키는 방
에 남아 있었지만 재판소 감독관만은 정성을 다해 기도를 하며
마르틴 피트로비치를 따라 안타까운 마음을 표하듯이 함께 한

숨을 쉬기도 했습니다. 열심히 성호를 그으며 뭔가를 입 안에서 중얼거리는 피트로비치의 그 눈이 어찌나 슬퍼 보였는지 저도 열심히 기도를 하기 시작했습니다. 기도식이 끝나고 성수를 뿌리는 시간이 오자 그곳에 있는 모든 사람이, 파촘킨 시대의 호른 연주자와 크비친스키까지도 성수를 자신의 눈에 적셨습니다. 안나와 예블람피아는 마르틴 피트로비치의 명에 따라 한 번 더 감사의 절을 올렸습니다. 그러고 나서야 식사 시간이 됐습니다! 음식은 많았고 모두 맛이 아주 좋아서 우리 모두는 실컷 먹었습니다. 빼놓을 수 없는 돈스카야(샴페인 비슷한 술)도 나왔습니다. 물론 우리 중에서 상류사회의 관습을 가장 많이 알고 있으며 국가 권력을 대표하는 사람으로서 경찰서장이 가장 먼저 '아름다운 영주들'을 위해 잔을 들었습니다. 그리고는 가장 인내로우며 존경하는 마르틴 피트로비치를 위해 잔을 들 것을 권했습니다. 그가 '가장 인내로운'이라는 말을 했을 때 슬로드킨은 자신의 은인에게 달려가 입을 맞추기 시작했습니다.

"그래, 됐어, 알았다고."

하를로프는 조금 화가 난 듯이 그를 팔꿈치로 떠밀며 말했습니다. 그런데 여기서 별로 유쾌하지 않은, 말하자면 하나의 소동이 일어났습니다.

그것은 다름 아닌 식사가 시작되면서부터 쉬지 않고 술을 마시던 수비니르가 갑자기 붉은 사탕무같이 붉어진 얼굴로 의자에서 일어나서 마르틴 피트로비치를 향해 흉측하고 듣기 싫은 웃음을 퍼붓기 시작했던 것입니다.

"인내로우신! 인내로우신!"

그가 갈라지는 목소리로 말했습니다.

"어디 두고 보자고. 흠, 어디 그 하늘의 종이 막상 벌거벗고 눈밭에 내쫓기면 그때도 그 인내를 찾을지 보자는 말이야!"

"무슨 소리를 하고 있는 거야, 이 바보 같으니라고!"

얼굴을 찌푸리며 하를로프가 말했습니다.

"바보! 바보!"

수비니르가 되뇌었습니다.

"우리 중에 누가 정말 바보인지는 하나님 한 분만이 아시겠지. 그런데 우리 누님, 형님 마누라를 돌아가시게 한 사람은 형님이 맞지요. 이제는 형님마저 돌아가실 때가 됐군요. 하하하!"

"아니, 당신은 무슨 권리로 우리의 은인을 그렇게 노여웁게 하는 겁니까?"

슬로드킨은 분노에 찬 목소리로 말을 마치고는 잡고 있던 마르틴 피트로비치의 어깨를 놓고 수비니르에게 달려들었습니다.

"만약 우리의 은인께서 지금이라도 모든 것을 없었던 일로 하시길 원하신다면 우리는 당장 이 문서를 없애버릴 수도 있습니다."

"그래도 당신들은 그를 벌거벗겨 눈밭으로……."

수비니르는 그렇게 말을 흐리면서 크비친스키의 뒤로 숨어 버렸습니다.

"조용히들 해!"

하를로프의 호령이 떨어졌습니다.

"너 한 번만 더 입을 열었다가는 당장에 내던져 버릴 줄 알아라. 그리고 너도 조용히 하고 있어, 이 멍청한 녀석아!"

그는 슬로드킨을 보면서 계속 말했습니다.

"네 일이 아니면 끼어들지 말라고 했지! 내가, 이 마르틴 피트로비치 하를로프가 내린 결정인데 누가 그 문서를 없앤다는 거냐? 이 세상에 어디 그럴 만한 사람이 있으면……."

"마르틴 피트로비치!"

　갑자기 풍부한 베이스의 목소리로 재판소 감독관의 외치는 소리가 들렸습니다. 그 역시 이미 많이 마신 상태였지만 그럴수록 위엄을 더해 가는 것처럼 보였습니다.

　"하지만 저분이 하신 말씀이 틀리지만은 않습니다. 물론 당신은 정말 대단한 일을 하시는 겁니다. 그저 감사 대신 모욕적인 일들이 당신에게 생기지 않기를 진심으로 바랄 뿐입니다."

　저는 마르틴 피트로비치의 두 딸을 바라보았습니다. 안나는 말하는 사람을 뚫어져라 바라보고 있었죠. 저는 이제까지 그처럼 악독하고 간사하면서도 아름다운 얼굴은 본 적이 없었습니다! 예블람피아는 고개를 돌리고 팔짱을 끼고 서 있었죠. 어느 때보다도 진한 조소가 그녀의 분홍빛 입술 위에 맴돌고 있었습니다.

　하를로프는 자리에서 일어나 입을 열었지만, 혀가 말을 듣지 않는 모양이었습니다. 그가 갑자기 주먹으로 책상을 치자 방의 모든 것이 들썩이며 흔들렸습니다.

　"아버지!"

　급히 안나가 말했습니다.

　"그들은 우리를 모르기 때문에 우리를 이해하지 못하는 거예요. 화내시는 건 아버지께 해로울 뿐이에요. 보세요, 벌써 얼굴에 경련이 일어나고 있잖아요."

　하를로프는 예블람피아를 향해 몸을 돌렸습니다. 그녀는 옆에 있던 지트코프가 옆구리를 찌르고 있었지만 움직이지 않고 그대로 서 있었습니다.

　"고맙다, 내 딸 안나야."

하를로프가 힘 없는 목소리로 말했습니다.

"넌 참 영리한 아이다. 난 너와 네 남편을 믿는다."

슬로드킨은 다시 쉿소리를 내며 뭔가 중얼거렸습니다. 한편 지트코프는 가슴을 내밀고 발만 동동 구르고 있었지요. 하지만 하를로프는 그의 괴로움을 눈치도 채지 못한 듯하였습니다.

"이 몹쓸 녀석은,"

그가 턱을 들어 수비니르를 가리키며 계속했습니다.

"그저 저놈은 저를 화나게 하는 걸 낙으로 삼고 사는 놈이지요. 하지만 나리,"

이번에는 재판소 감독관을 보며 말했습니다.

"마르틴 하를로프를 판단하실 만큼 성숙하시지 않으시다는 것을 명심하십시오. 그러나 지체 높으신 분이 하신 말씀인데 틀릴 리가 있겠습니까? 여하간 일은 이미 끝난 것이고 제 결정에는 조금의 변화도 없습니다. 자, 그럼 즐거운 시간 보내십시오. 저는 이제 그만 들어가겠습니다. 더 이상 전 이곳의 주인이 아닌 그저 손님일 뿐이지요. 안나, 알아서 잘 대접하여라. 난 내 방으로 들어가야겠구나. 이젠 됐어!"

마르틴 피트로비치는 등을 돌려 더 이상 한 마디 말도 없이 그렇게 천천히 방을 나갔습니다.

갑작스러운 주인의 퇴장은 손님인 우리들을 당황하게 했지요. 더구나 새 여주인들도 금세 어디론가 사라지고 없었습니다. 단지 슬로드킨만이 우리를 붙잡으려고 애쓰고 있었지요. 경찰서장은 재판소 감독관의 경솔한 발언을 그냥 넘기고 있지만은 않았습니다.

"그런 말씀을 하시다니!"

그에게 대답하는 소리가 들렸습니다.

"양심이 말을 한 것뿐입니다!"

"저거 보세요, 제가 프리 메이슨 당원이라고 하지 않았습니까?"

수비니르가 속삭이듯 제게 말했습니다.

"양심!"

경찰서장이 불만스럽게 말했습니다.

"그럼요, 그렇고말고요. 우리 죄 많은 사람들처럼 당신의 그 양심도 당신 주머니에 달려 있다는 것을 제가 모를 줄 아십니까!"

사제는 그 와중에도 만찬의 끝이 다가오는 것을 느끼며 자리에서 일어서면서도 계속해서 음식을 입 안에 밀어넣고 있었습니다.

"흠, 아주 식욕이 좋으시군요."

슬로드킨이 날카롭게 지적을 하며 그를 보았습니다.

"나중을 위해서."

온순하게 몸을 움츠리며 대답하는 사제의 말 속에서는 찌든 굶주림의 소리가 들렸지요.

마차가 준비되고…… 우리는 제각각 흩어졌습니다.

크비친스키가 이 '아무짝에도 쓸모없는 일'에 넌더리가 난다며 먼저 걸어서 집으로 돌아갔기 때문에 돌아오는 길에는 낄낄거리며 실없는 소리를 하는 수비니르를 막는 사람이 아무도 없었지요. 그 빈 자리에는 대신 퇴직한 소령 지트코프가 앉아

서 바퀴벌레의 것과 같은 수염을 배배 꼬고 있었습니다.

"무슨 일이지요, 지체 높으신 나리?"

수비니르가 중얼거렸습니다.

"왜요? 충성심에 손상을 입기라도 하셨습니까? 기다려 보세요, 뭔가 돌아올지 압니까? 당신에게도 복수의 칼이 돌아올 겁니다! 신랑! 신랑! 가여운 신랑!"

수비니르는 계속해서 그렇게 상대의 화를 돋우고 있었고 가없은 지트코프는 그저 수염을 만지작거리고 있을 뿐이었습니다.

집으로 돌아온 저는 어머니께 있었던 일을 상세히 말씀드렸지요. 제 말을 끝까지 들으시며 어머니께서는 연신 고개를 가로젓고 계셨습니다.

"뭔가 안 좋은 일이 생길 것 같구나."

어머니께서 말씀하셨습니다.

"어쩐지 이번 일은 내 맘에 들지 않아!"

다음 날 점심 때, 마르틴 피트로비치가 저희 집을 찾아왔습니다. 어머니는 그가 계획한 일이 무사히 끝난 것을 축하해 주셨습니다.

"이제 자유로운 사람이 됐군 그래."

어머니께서 그에게 말씀하셨습니다.

"그래, 홀가분한가?"

"그렇기야 하지요, 마님."

하지만 그렇게 대답하는 마르틴 피트로비치의 얼굴에는 전혀 홀가분하다는 기색을 찾아볼 수 없었습니다.

"이제 영혼에 대해 생각이나 하며 죽음의 날을 준비해야지요."

"그런데?"

어머니께서 물으셨습니다.

"여전히 팔이 저린가?"

하를로프는 두세 번 왼손으로 주먹을 쥐었다 풀었다 해 보았습니다.

"저립니다, 마님. 그리고 한 가지 더 말씀을 드리자면 요즘은 잠이 들기만 하면 누군가 제 머리 위에서 '조심해, 조심해!' 하는 소리가 들립니다."

"그건…… 신경을 너무 써서 그런 거야."

어머니께서 말씀하시고는 어제 재산 상속식에서 일어났던 몇 가지 일에 대해 언급하셨습니다.

"예, 예."

하를로프가 끼어들며 말했습니다.

"불미스러운 일이 몇 가지 있었지요. 그렇지만 제가 드리고 싶은 말씀은,"

잠시 말을 멈추었다가 그가 다시 계속했습니다.

"수비니르의 말은 물론이고, 아무리 지위가 높은 사람이라고 해도 재판소 감독관의 말 역시 제게는 아무 의미도 없습니다. 단지 제 마음을 불편하게 한 사람이 있다면……."

하를로프는 여기서 입을 다물었습니다.

"누구지?"

어머니께서 물으셨습니다.

하를로프가 눈을 돌려 어머니를 바라보았습니다.

"예블람피아!"

"예블람피아? 자네 딸? 그 아이가 어쨌다는 건가?"

"그러니까 마님, 무슨 바위처럼, 돌조각 같았습니다! 감정이라고는 없는 아이 같았어요! 제 언니 안나는 잘도 하는데, 그 애는 섬세한 데도 있는데……! 드릴 말씀은 아니지만, 예블람피아는 저를 내가 더 아끼는 것을 알면서도 그러다니! 그 애는 제가 안됐다는 생각도 안 하는 건지……. 제가 지들한테 다 물려주는 걸 보면 내가 이 땅에서 살 날이 얼마 안 남은 것을, 내 맘이 어떤지를 알 것 같은데도 그래도 그렇게 돌처럼 가만히만 있더라니까요. 무슨 말 한마디 없이, 절이야 하긴 했지만 고마워하는 기색도 없었습니다!"

"기다려 보세."

어머니께서 말씀을 시작하셨습니다.

"이제 가브릴로 페들리치한테 시집을 보내고 나면 어디 좀 부드러워지지 않겠는가?"

마르틴 피트로비치는 다시 어머니를 바라보며 말했습니다.

"그 가브릴로 페들리치! 마님께서는 정말 그 사람을 믿으십니까?"

"믿네."

"그거야 뭐, 마님이 더 잘 아시는 일일 테지요. 그런데 예블람피아는 저를 닮아서 카자흐 피가 흐르는, 마음만은 아주 뜨거운 아이입니다."

"자네 마음이 그랬던가?"

하를로프는 대답하지 않았습니다. 잠시 침묵이 흘렀습니다.

"그럼, 마르틴 피트로비치."

어머니께서 다시 말씀을 시작하셨습니다.

"그럼 이제는 어떻게 자네의 영혼을 구할 생각인가? 미트로파니에나 키예프에 갈 텐가? 아니면 가까우니 옵치나에 있는 사막에라도 다녀올 텐가? 소문에 의하면 마카리라고 하는 한 성자가 그곳에 나타났는데 아무도 어디서 온지 모르는 사제님이라고 하더군. 그런데 그분은 사람들 죄를 다 보신다네."

"만약 그 아이가 정말 고마움을 모르는 딸이라면 제 손으로 죽이는 편이 더 나을 것 같습니다!"

"아니, 여보게! 이 사람아, 아이고, 하나님! 자네 제정신으로 하는 소린가!"

어머니께서 놀라신 목소리로 외치셨습니다.

"무슨 그런 소리를 하는가? 그래, 내 이럴 줄 알았네! 의논하겠다고 나를 찾아왔을 때 내 말을 들었어야지! 이제 영혼을 구하기는커녕 자네 맘만 상할 거야, 자네만 힘들어진다고. 등잔 밑이 어둡다는 말도 있지 않은가. 그래! 보게, 자넨 벌써 불평하고 겁내고 있는걸⋯⋯."

이 지적은 아마도 하를로프의 마음을 뜨끔하게 한 모양이었습니다. 예전의 당당함이 그에게 파도처럼 밀려오는 것이 느껴졌으니까요. 그는 몸을 추스리고 턱을 앞으로 빼며 말했습니다.

"저는 그런 사람이 아닙니다, 마님. 나탈리아 니콜라예브나, 제가 불평을 하고 겁을 내다니요."

그가 무서운 목소리로 계속했습니다.

"저는 그저 제가 존경하고 인자하신 마님께 제 생각을 말씀드리려고 왔을 뿐입니다. 하지만 하나님이 아십니다. (그는 그

렇게 말하며 손을 머리 위로 올려 들었습니다) 제가 제 입에서 나
간 말을 번복하는 것보다 지구가 갈라지는 것이 더 빠른 일일
겁니다. (이번에는 콧소리까지 내는 것이었습니다) 제가 한 일에
대해서 후회하거나 겁을 내는 일이란 있을 수 없습니다! 제가
그렇게 한 것은 다 이유가 있습니다! 그리고 제 딸들은 이 세상
이 끝나는 날까지 제 말에 순종할 아이들입니다! 아멘!"

어머니께서는 귀를 막으셨습니다.

"아이고 여보게, 무슨 나팔을 부나! 만약 자네가 자네 식구들
을 그렇게 믿는다면, 그럼 다행이지! 아이고, 자네 내 머리를
다 부수어 놓을 셈인가!"

마르틴 피트로비치는 사과를 하고 한숨을 내쉰 후 말없이 앉
아 있었습니다. 어머니께서는 다시 키예프와 옵치나의 사막과
마카리 신부에 대해서 말씀을 시작하셨고 하를로프는 '예, 가
봐야지요, 가봐야지요. 그러니까 영혼을 생각해서……' 소리
만을 할 뿐이었습니다.

그의 기분은 저희 집을 나설 때까지도 좋아지지 않았습니다.
계속해서 주먹을 쥐었다 폈다 하면서 자신의 손바닥을 쳐다보
기도 하고 그러다가 갑자기 자신은 회개도 안 하고 갑작스레
충격으로 죽는 것이 제일 무섭다며, 화를 내면 심장에 있던 피
가 머리로 올라가기 때문에 다시는 화를 내지 않기로 다짐했다
고 했습니다. 더구나 그는 모든 일에서 벗어났으니 무슨 화낼
일이 있겠느냐며 일을 하며 피를 상하게 하는 것은 이제 다른
사람의 몫이라고 했습니다.

그는 저희 어머니께 작별 인사를 하며 이상한 눈빛으로 어머

니를 바라보았습니다. 그러다 빠른 동작으로 주머니에서 '잠든 근면가' 책을 꺼내 어머니 손에 쥐어 드렸습니다.

"이게 뭐지?"

어머니께서 물으셨습니다.

"여기."

그가 급하게 말했습니다.

"제가 접어 놓은 곳을 좀 읽어보십시오. 죽음에 대해 설명하고 있는데 좋은 말 같긴 하지만 저는 무슨 뜻인지 영 알 수가 없어서요. 설명해 주시지 않겠습니까? 마님, 그럼 제가 다시 오면 설명을 해주십시오."

이렇게 말하며 마르틴 피트로비치는 밖으로 나갔습니다.

"뭔가 불길해! 아, 불길해!"

그가 문 뒤로 사라지자마자 어머니는 그렇게 중얼거리시고는 책을 읽기 시작하셨습니다.

하를로프가 접어 둔 곳에는 이런 말이 적혀 있었습니다.

'죽음은 자연의 가장 중요하고 위대한 일이다. 그것은 다름 아닌 기계적인 힘과 화학적인 방법으로 진정한 영혼의 위치를 찾을 때까지 영혼을 청소하여 절대적인 권력자에게서 만들어 졌던 그때보다 더 부드럽게, 다시 말해 더 가볍게 더 얇게 그리고 훨씬 더 명민하게 하는 과정이다, 등등.'

('잠든 근면가' 1785, 제2장—지은이 주)

어머니께서는 이 엄청난 말들을 두세 번 읽으시고는 '푸' 소리를 치시며 책을 한쪽으로 던져 놓으셨습니다.

사흘 정도가 지난 후 어머니는 제부의 사망 소식을 받으시고

저를 데리고 그곳으로 떠나셨습니다. 어머니께서는 그곳에서
한달만 지내실 계획이셨지만 우리는 늦은 가을까지 그곳에 남
게 되었습니다. 결국 구월 말에야 우리의 시골로 돌아왔지요.

하인 브로코피가 (그는 저희 집에서 일하는 사냥꾼이기도 했습니다) 저에게 처음으로 전해 준 소식은 멧도요새 떼가 몰려왔다는 것이었습니다. 특히 예시코프(하를로프의 영지) 가까운 곳의 자작나무 숲에 득실거린다고 했습니다. 점심 시간까지는 아직 세 시간 정도가 남아 있었기 때문에 저는 소총을 들고 사냥 가방을 멘 후 브로코피를 데리고 사냥개를 앞세워 예시코프 숲으로 향했습니다. 그곳에는 정말 멧도요가 많았습니다. 우리는 서른 발의 총알을 사용해서 다섯 마리의 멧도요를 잡았습니다. 노획물을 들고 서둘러 집으로 돌아가는 길에 말을 탄 한 사내가 보였습니다. 말이 멈추어 서자 그는 성난 목소리로 흥건하게 욕을 퍼부으며 노끈으로 만든 고삐로 비딱하게 굽은 말의 머리를 세게 잡아당겼습니다. 저는 갈비뼈가 다 보이는, 땀에

젖은 온몸을 들썩이며 지쳐 불꽃을 올리는 풀무처럼 헐떡거리는 불쌍한 말을 바라보았습니다. 저는 그 순간 어깨에 흉터가 있는, 오랫동안 마르틴 피트로비치에게 자신을 바쳐 봉사하던 늙은 말을 알아보았습니다.

"하를로프 씨는 살아 계신가?"

제가 브로코피에게 물었습니다. 우리는 사냥에 정신이 팔려 그 동안 다른 것에 대해 얘기할 여유가 없었던 것입니다.

"살아 계십니다, 왜 그러십니까?"

"저건 그분의 말 아닌가? 말을 팔기라도 하셨나?"

"저 말이 그분 것이었던 건 맞는데 그분이 파신 건 아닙니다. 그저 말을 가져다가 저 사람에게 준 것이지요."

"말을 가져가다니? 그분이 승낙하신 건가?"

"그분에게는 물어보지도 않았지요. 아주 정신없이 돌아가고 있습니다."

저의 놀란 표정에 브로코피는 미소를 띠며 대답했습니다.

"큰 일이지요! 아이고, 이제는 슬로드킨 나리께서 모든 일에서 주인 행세를 하고 계십니다요."

"마르틴 피트로비치는?"

"마르틴 피트로비치야, 그러니까 아주 쓸모없는 사람 대우를 받고 계십니다. 겨우 빵조각으로 연명하실 따름이지요. 아주 다 뺏어갔습니다. 그분을 보기라도 하면 집 밖으로 내쫓느라 정신이 없다니까요."

그런 거인을 쫓아낸다는 게 저로서는 도저히 상상이 되지 않았습니다.

"지트코프는 뭘 하고 있는 건가?"

제가 다시 물었습니다.

"둘째딸과 결혼하지 않았는가?"

"결혼이요?"

브로코피가 이번에는 입 안 가득히 웃음을 담고 대답했습니다.

"그 집에 얼씬도 못하게 하는 걸입쇼. 갔다가는 쫓겨나는 일이 허다합니다. 슬로드킨이 하는 일이지요."

"그럼 아가씨는?"

"예블람피아 말씀이십니까? 참, 제가 말씀을 드리고 싶어도 도련님이 아직 어리셔서……. 그러니까 이렇게 된 일이지요. 아…… 어! 지안카가 멈춰 있네요."

정말 제 개는 작은 계곡이 끝나는 곳에 있는 참나무 앞에 파묻힌 모양을 하고 서 있었습니다. 브로코피와 함께 개 있는 곳으로 달려가자 나무 뒤에서 멧도요가 나왔습니다. 우리 둘다 동시에 방아쇠를 당겼지만 놓치고 말았지요. 멧도요는 다른 쪽으로 날아갔고 우리는 그 뒤를 쫓았습니다.

제가 돌아왔을 때는 이미 식탁 위에 수프가 놓여 있었습니다. 저는 어머니께 꾸중을 들었지요.

"아니!"

어머니께서 불만스럽게 말씀하셨습니다.

"첫날부터 식사 시간에 늦다니."

저는 어머니께 잡은 멧도요를 가져다 드렸지만 어머니께서는 쳐다보지도 않으셨습니다. 방 안에는 어머니 말고도 수비니르, 크비친스키와 지트코프가 더 있었습니다. 퇴직한 소령은 거짓말 안 하고, 정말 잘못을 저지른 어린아이처럼 구석에 틀어박혀 있었습니다. 그의 표정은 부끄러움과 노여움이 뒤섞여 있었고 눈은 붉게 충혈되어 있었습니다. 마치 조금 전까지 울고 있기라도 한 것처럼요. 어머니의 기분이 안 좋은 이유는 제가 늦게 와서만은 아니라는 걸 금세 알아차릴 수 있었습니다. 어머니께서는 식사 시간 내내 말씀 한마디 없으셨고 소령은 조심스럽게 음식을 먹으며 가끔씩 불쌍한 눈빛으로 어머니를 바라보고 있었습니다. 수비니르는 뭔가 중얼거렸고 크비친스키만이 여느 때와 같이 곧은 자세로 앉아 있었습니다.

"비켄치 오시포비치."

어머니께서 크비친스키를 향해 말씀하셨습니다.

"내일 마르틴 피트로비치에게 마차를 보내시오. 그이한테 아무것도 남은 것이 없다는 말을 내가 들었으니 속히 보기를 원한다고, 꼭 오라고 전해 주시오."

크비친스키는 뭔가 할 말이 있어 보였지만 그만 두었습니다.

"그리고 슬로드킨에게도 내가 우리 집으로 올 것을 명령한다고 전하시오."

어머니께서 계속하셨습니다.

"들었소, 명, 령, 한다고!"

"그렇지요, 그 나쁜 놈은 마땅히……."

지트코프는 겨우 들리는 목소리로 말을 꺼내다가 어머니의 무서운 눈초리에 그만 입을 다물고 말았습니다.

"들었소? 내가 명령하는 거요!"

어머니께서 힘을 주어 다시 말씀하셨습니다.

"예, 마님."

크비친스키가 정중하게 대답했습니다.

"마르틴 피트로비치는 오지 않아요."

점심 식사가 끝나 함께 식당을 나오던 수비니르가 제게 속삭였습니다.

"그 사람이 어떻게 됐는지 아십니까? 정신이 나갔다지요! 제 생각에는 사람 말도 못 알아들을 것 같은데. 뭐, 여기저기서 괴롭힘을 당했으니!"

말을 마친 수비니르는 예의 그 흉측한 웃음을 터뜨렸습니다.

수비니르가 한 말이 옳았습니다. 마르틴 피트로비치는 어머니께 오기를 원치 않았습니다. 어머니는 단념하지 않으시고 그에게 편지를 보내셨습니다. 그는 큰 글씨로 다음과 같은 말이 써 있는 작은 종이 조각을 보냈습니다.

'아아, 갈 수 없습니다. 부끄러움에 얼굴을 들 수가 없습니다. 그냥 이렇게 죽어 가게 두십시오. 감사합니다. 걱정 마십시오. 마르틴 하를로프.'

슬로드킨은 어머니께서 '명령하신' 날보다 하루나 늦게 저희 집에 왔습니다. 어머니는 그를 서재로 부르셨습니다. 무슨 이야기를 했는지는 모르지만 그 대화는 십오분 만에 끝났습니다. 슬로드킨은 얼굴이 붉어져서 잔인하고 무서운 표정을 하고 어머니가 계신 곳에서 나왔습니다. 그 모습이 얼마나 무서웠던지 그가 거실로 들어왔을 때 저는 그 자리에 얼어붙은 듯 서 있었고 수비니르마저 웃음을 멈추었습니다. 어머니께서도 빨갛게 달아오른 얼굴로 서재에서 나오시면서 모두가 다 들을 수 있는 목소리로 다시는 슬로드킨을 어머니 눈앞에 나타나지 못하게 하라고 말씀하셨습니다. 만약 마르틴 피트로비치의 딸들이 뻔뻔스럽게도 우리 집에 오려고 한다면 그들도 들여보내지 말라고 하셨습니다. 저녁 식사 중에 갑자기 어머니께서 말씀하셨습니다.

"흉측한 구두쇠 같으니라고! 내가 데려다가 사람을 만들어 놓았는데! 그렇게 내 신세를 지고도 왜 자기 일에 끼어드냐고! 마르틴 피트로비치가 멋대로 행동을 한다고, 그래서 응석만 받아 줄 수는 없다고! 응석을 받아 줘? 아, 은혜도 모르는 인간, 더러운 구두쇠 같으니라고!"

함께 저녁 식사를 하던 지트코프 소령은 드디어 자기도 말을 할 때가 왔다고 생각하고 입을 열었습니다. 그러나 어머니께서 그를 막으셨습니다.

"그래, 자네는 뭘 잘 했다고?"

어머니께서 말씀하셨습니다.

"계집애 하나도 다스리질 못하고 그래도 군인인가! 군대를 다스렸다고! 그래, 군인들이 자네 말을 얼마나 잘 들었는지 안 봐도 알겠네! 관리인이 되고 싶다고! 아주 대단한 관리인이 되겠구만!"

식탁 끝에 앉아 있던 크비친스키는 비웃음이 섞인 미소를 짓고 있었습니다. 불쌍한 지트코프는 눈썹을 치켜올리고 수염을 만지작거리다 나중엔 아예 털이 많은 자신의 얼굴을 손수건으로 다 가리고 있었습니다.

식사가 끝나자 그는 평소에 하던 대로 담배를 피우러 파이프를 들고 발코니로 나갔습니다. 그의 모습이 어찌나 외롭고 불쌍해 보이던지 평소에는 그를 좋아하지 않았던 저였지만 무슨 말이라도 해줘야겠다는 생각에 그에게 다가갔습니다.

"가브릴로 페들리치."

저는 바로 본론으로 들어갔습니다.

"어떻게 해서 예블람피아 마르티노브나와 혼사가 깨졌습니까? 저는 벌써 결혼하신 줄로 생각하고 있었습니다."

퇴직한 소령은 슬픈 눈으로 저를 바라보았습니다.

"뱀처럼 교활한,"

그가 한 마디 한 음절마다 슬픔을 섞어 힘들게 말을 시작했습니다.

"그 인간이 독으로 제게 상처를 입히고 제 인생의 모든 꿈을 짓밟았습니다! 저도 도련님, 드미트리 세묘노비치께 그 간사한 행동을 다 말씀드리고 싶지만 어머님을 노하게 할까 두렵습니다."

('아직 어리십니다' 라는 브로코피의 말이 제 머리에 떠올랐습니다.)

"그러니까……."

지트코프가 괴로운 듯이 말을 이었습니다.

"이제는…… 이제는…… 더 이상 아무것도 남지 않았습니다! (그는 주먹으로 가슴을 쳤습니다) 참아라, 늙은 군사여, 참아라! 성실하고 충실하게 왕을 위해 싸웠습니다. 그랬지요! 피도 땀도 아끼지 않았는데 이런 지경에 이르다니! 만약 제가 군에서 계속 일을 하고 있었다면,"

얼마간의 침묵 끝에 긴 파이프를 조급하게 빨아 가며 그가 다시 입을 열었습니다.

"저는, 저는…… 쉬는 시간마다 좋은 담배를 피우며 배불리 먹고……."

지트코프는 파이프를 입에서 떼고 마치 자신의 상상 속 환영을 즐기기라도 하듯이 먼 곳을 바라보았습니다.

수비니르가 다가와서 소령을 귀찮게 하기 시작했습니다. 저는 그들에게서 물러나 무슨 일이 있어도 제 눈으로 직접 마르틴 피트로비치를 봐야 한다는 결정을 내렸습니다. 저의 어린 호기심이 심하게 자극을 받았던 모양입니다.

다음 날 저는 소총을 들고 개를 앞세우고, 하지만 브로코피 없이 혼자 예시코프 숲으로 향했습니다. 날씨는 아주 좋았죠. 그토록 아름다운 구월의 날들은 러시아 말고는 어느 곳에도 없다고 생각합니다. 주위는 아주 조용했습니다. 백 발자국 앞의 소리도, 마른 잎 위로 다람쥐가 뛰는 소리도, 나뭇가지가 다른 나뭇가지에 기대 있다가 부드러운 풀 위로 떨어지는, 이젠 영원히 떨어지는, 다 썩기 전에는 다시는 움직일 수 없을 작은 나뭇가지가 떨어지는 소리도 들을 수 있었습니다. 뜨겁지도 차갑지도 않은, 약간 신 냄새가 나는 듯한 공기가 살짝살짝 눈과 얼굴을 간지럽혔습니다. 명주실처럼 가는 거미줄이 소총에 달라붙어 공기 쪽으로 부풀어올랐습니다. 좋은 날씨가 계속될 거라는 표시였지요! 햇빛이 빛나고 있긴 했지만 그 빛은 달빛

만큼 온화했습니다. 가는 도중 멧도요를 자주 볼 수 있었지만 저는 별 관심을 갖지 않았습니다. 저는 숲이 하를로프의 저택 까지, 그의 정원 한쪽 작은 길까지 이어진다는 것을 알고 있었 습니다. 그래서 저는 그쪽을 향해 가고 있었지요. 그렇게 가긴 하였지만 영지까지 들어갈 수 있을지, 그리고 어머니께서 새 주인들 때문에 그렇게 노여워하시는데 제가 그곳에 가도 되는 건지 확신이 서질 않았습니다.

그때 멀지 않은 곳에서 사람의 목소리가 들렸습니다. 저는 귀를 기울였지요. 누군가가 숲에서 바로 제가 있는 곳을 향해 오고 있었습니다.

"그렇게 말했으면 될 것 아니야."

여자의 목소리가 들렸습니다.

"무슨 소리야!"

다른, 이번에는 남자의 목소리가 말을 막는 것이 들렸습니다.

"단번에 되는 일이 어디 있어?"

귀에 익은 목소리였습니다. 드문드문 호두나무 가지 사이로 하늘색 여자의 치마가 보였습니다. 그 옆에는 어두운 색의 카프탄(옷자락이 긴 농민 외투)이 보였습니다. 눈 깜짝할 사이에 제게서 다섯 발 정도 떨어진 곳에서, 슬로드킨과 예블람피아가 나타났습니다.

그들은 매우 당혹해 했습니다. 예블람피아는 즉시 나뭇가지 뒤로 돌아갔고 슬로드킨은 뭔가를 생각하고 있었습니다. 그리고 제게로 다가왔습니다. 그의 얼굴에서는 넉 달 전쯤 하를로프의 집에서 왔다갔다하며 제 말의 고삐를 닦을 때의 비굴한 표정은 그림자도 찾아볼 수 없었습니다. 하지만 그 무서운 분노의 표정, 며칠 전 저희 어머니의 서재 앞에서 저를 그토록 놀라게 했던 그 표정도 이젠 없었습니다. 그 얼굴은 평소처럼 희고 귀엽게 보였습니다. 다만 어딘가 넓어지고 단단해 보였지요.

"멧도요를 많이 잡으셨나요?"

그가 모자를 벗고 웃는 얼굴로 자신의 검은 고수머리를 쓸어내리며 제게 물었습니다.

"저희 숲에 사냥하러 오셨군요. 잘 오셨습니다! 우리는 절대 반대하지 않습니다. 그럴 리 없지요!"

"오늘은 아무것도 잡지 못했습니다."

제가 처음 그의 물음에 대답했습니다.

"당신의 숲에선 당장 나가지요."

슬로드킨은 조급하게 모자를 썼습니다.

"도련님, 무슨 그런 말씀을! 도련님더러 나가라고 하는 말이 아닙니다. 오셔서 기쁩니다. 자, 예블람피아도 그렇게 말씀하실 테니 보시지요. 예블람피아, 이리 오세요. 어디 계십니까?"

나뭇가지 사이로 예블람피아의 머리가 나타났습니다. 하지만 그녀는 우리가 있는 곳으로 오지는 않았습니다. 못 보는 사이에 그녀는 더 아름다워져 있었죠. 더 성숙하고 조금은 착하게 보였습니다.

"사실은,"

슬로드킨이 다시 말을 시작했습니다.

"제게는 도련님과 만나게 된 것이 여간 기쁜 일이 아닙니다. 도련님은 아직 어리시다고는 해도 아주 지혜로우신 분이니까요. 어머님께서 어제 제게 화를 내셨습니다. 제 말은 들으려고도 하지 않으셨지요. 하지만 하나님 앞에 있듯이 도련님께 말씀드리는데 저에게는 아무런 잘못이 없습니다. 마르틴 피트로비치는 이제 완전히 어린애 같은 행동만 하시기 때문에 도리가 없습니다. 저희도 그 변덕을 다 받아 줄 수만은 없는 것 아닙니까? 물론 전과 다름없이 그분을 존경하고 있지요. 예블람피아에게 물어보십시오."

예블람피아는 움직이지 않고 그대로 서 있었습니다. 다만 그녀의 입술 위에 감돌고 있는 조소와, 아름다운 눈이 날카롭게 빛나는 것을 느낄 수 있었습니다.

"블라디미르 바실레비치, 그런데 마르틴 피트로비치의 말은 왜 팔아 버리셨습니까?"

(저를 특별히 화나게 한 것은 다른 사내가 가지게 된 그 말이었습니다.)

"왜 그 말을 팔았냐구요? 잘 아시겠지만 그 말을 어디에 쓰겠습니까? 쓸데없이 짚이나 먹어 없앨 뿐이지요. 농부가 데려 갔으니 밭이라도 갈겠지요. 만약 마르틴 피트로비치께서 어디라도 가시고 싶어하신다면 저희한테 말씀하시고 언제든지 일 없는 날에 마차를 쓰게 해드릴 수 있습니다!"

"블라디미르 바실레비치!"

예블람피아의 소리였습니다. 그녀는 손가락으로 몇 개의 질경이 가지를 들고 그것들을 서로 부딪쳐서 끝을 잘라내고 있었습니다.

"그리고 사환 아이 막심카 얘기를 하자면,"

슬로드킨이 계속했습니다.

"마르틴 피트로비치는 우리더러 그를 공부하러 보냈다고 불평하시지만, 생각해 보십시오. 그 애가 마르틴 피트로비치하고 있으면서 무슨 일을 했겠습니까? 게으름 피우는 것 말고 무슨 일이라는 게 있겠습니까? 더구나 아직 어리고 어리숙한 데가 있어서 주인을 잘 모시는 것도 아니지요. 저희들이 이제 마구 만드는 것을 배우라고 보냈으니 좋은 기술자가 될 겁니다. 그 애한테도 좋은 일이고 저희도 이득을 볼 수 있지요. 이렇게 작은 살림에서는 그런 것이 아주 중요하죠. 작은 살림을 꾸리려면 아무것도 흘려 보내서는 안 되는 법입니다."

'마르틴 피트로비치는 이 사람을 두고 헝겊 쪼가리 같은 자라고 했단 말인가!'

저는 마음속으로 그런 생각을 했습니다.

"그러면 마르틴 피트로비치께 책은 누가 읽어주나요?"

제가 물었습니다.

"읽을 거나 어디 있었나요. 책도 한 권뿐이었는데 그나마도 이젠 어디로 갔는지 없으니⋯⋯. 그리고 그 연세에 독서가 무슨 소용이 있습니까!"

"면도는 누가 해드립니까?"

제가 다시 물었습니다.

슬로드킨은 무슨 재미있는 이야기라도 들었다는 듯이 부드럽게 웃어 보였습니다.

"누구는요! 처음엔 당신이 직접 촛불로 태워 없앴는데 이젠 그냥 기르고 계시지요. 아주 보기 좋습니다!"

"블라디미르 바실레비치!"

예블람피아가 고집스럽게 그를 불러댔습니다.

"블라디미르 바실레비치!"

슬로드킨이 그녀에게 손짓을 해보였습니다.

"마르틴 피트로비치는 옷도 잘 입고 신도 신고 계십니다. 그리고 우리가 먹는 걸 같이 드시지요. 더 뭐가 필요합니까? 당신도 세상에 더 바랄 것이 없다고, 오직 영혼을 걱정할 때라고 그러시는 걸요. 모든 것이 이제는 우리 것이라는 것을 그분이 이해나 하고 계시는지 모르겠습니다. 또 우리가 용돈을 안 드린다고 불만이 많으신데, 우리도 늘 돈을 가지고 있는 것이 아닌 실정이니. 그리고 필요한 것이 다 있는데 돈이 왜 필요합니까? 우리는 잘 하려고 노력하고 있습니다. 정말입니다. 그분이 지내시는 방만해도 그렇지요, 안 그래도 비좁아서 몸 돌릴 자리도 없지만 그래도 우리는 참고 지내고 있습니다. 어떻게 그분을 즐겁게 해드릴까 늘 생각하는 걸요. 제가 피트로프제에 시내에 나가서 진짜 영국제 질 좋은 낚시 바늘을 사다 드렸습니다. 저희 집 앞 호수에 붕어가 많거든요. 한두 시간 그렇게 앉아서 낚으면 물고기 수프 하나는 나오지요. 노인들에게 이보다 좋은 일거리가 어디 있겠습니까!"

"블라디미르 바실레비치!"

세 번째로 그를 부르는 예블람피아의 목소리는 매우 단호했습니다. 그녀는 손가락 끝에 걸고 있던 가지들을 머리 너머로 집어던지더니 다시 외쳤습니다.

"저는 가겠어요!"

그녀의 눈이 제 눈과 마주쳤습니다.

"저는 가보겠어요, 블라디미르 바실레비치!"

그녀가 한 번 더 말하고는 나뭇가지들 뒤로 사라졌습니다.

"저도 지금 갑니다, 예블람피아 마르티노브나. 잠시만요!"

슬로드킨이 외쳤습니다.

"지금은 마르틴 피트로비치도 다 이해하고 계십니다."

그는 다시 저를 보며 하던 말을 계속했습니다.

"처음에는 화도 내시고 불평도 많이 하셨지만, 뭐 아직 적응을 못하셔서 그러신 것이었지요. 아시지 않습니까, 그분이 워낙 성깔도 있으시고 무서운 분이셨잖습니까. 그런데 지금은 아주 조용해지셨습니다. 그렇게 하는 것이 그분께도 더 좋은 것이니까요. 그런데 어머님께서 제게 그렇게 화를 내시다니, 아마도 마님께서도 마르틴 피트로비치만큼이나 권력을 믿으시나 봅니다. 도련님, 언제든지 오셔서 마르틴 피트로비치를 직접 만나셔도 좋습니다. 오실 때 미리 얘기만 하시고요. 그리고 저도 나탈리아 니콜라예브나의 은혜를 어찌 잊었겠습니까. 그런데 저도 살자니 별 도리가 없는 겁니다."

"지트코프는 왜 결혼을 못했습니까?"

제가 물었습니다.

"그 형편없는 페들리치 말씀이십니까?"

슬로드킨이 어깨를 으쓱하며 말했습니다.

"생각해 보십시오, 평생 군대에만 있던 사람인데 그 사람이 뭐 할 줄 아는 거나 있겠습니까? 그런데 농사를 짓겠다고 하지 않겠습니까. 그러면서 하는 말이 자기는 사람 얼굴 때리는 일을 잘 하니까, 농노 관리를 하겠다는 겁니다. 예블람피아께서 직접 거절하신 겁니다. 절대 어울릴 수가 없는 사람이지요. 아마 그 사람이 들어왔다면 우리 살림은 거덜이 났을 겁니다!"

"아우!"

예블람피아의 큰 목소리가 들렸습니다.

"지금 간다니까요, 지금!"

슬로드킨은 대답을 하고 제게 손을 내밀었습니다. 저는 내키지는 않았지만 악수를 했습니다.

"그럼 안녕히 가십시오, 드미트리 세묘노비치."

슬로드킨이 자신의 허연 이를 드러내 보이며 말했습니다.

"멧도요라면 얼마든지 사냥을 하셔도 좋습니다. 찾아온 새니 누구 것이라 할 게 있습니까. 하지만 토끼는 그대로 두셔야 합니다. 그것은 어디까지나 저희들 소유지요. 아, 그리고 도련님 개는 새끼를 안 낳습니까? 새끼 한 마리 주시면 아주 고맙게 여기겠습니다!"

"아우!"

다시 예블람피아의 목소리가 들렸습니다.

"아우! 아우!"

슬로드킨도 대답을 하고는 나무 뒤로 사라졌습니다.

저는 혼자 남게 되자 어떻게 그 하를로프가 슬로드킨을
'앉았던 자리에 물기만 남게 집어던져 버리지' 않았는지, 그리
고 슬로드킨은 어떻게 그런 일이 생길 것을 두려워하지 않을
수 있는지 한참을 생각하고 있었지요. 마르틴 피트로비치가 정
말 '조용해'졌구나 하고 생각했습니다. 그 거인이 소외당하여
온순해져 있는 모습을 저는 전혀 상상할 수 없었습니다. 그래
서 꼭 예시코프에 가 한번이라도 그를 직접 봐야겠다는 생각을
했습니다. 제가 거의 숲을 벗어나고 있을 즈음 바로 제 발밑에
서 강하게 날개짓을 하고 있는 큰 멧도요 한 마리를 보았습니
다. 새는 숲속으로 날아가 버렸습니다. 조준을 하였지만, 불발
이었지요. 좋은 새를 놓친 것이 아쉬워 다시 그 새를 찾아보기
로 했습니다. 제가 그 새가 날아간 쪽으로 한 이백 걸음 정도

갔을 때 크지 않은 풀밭에, 가지가 무성한 자작나무 밑에 멧도
요가 아닌 슬로드킨이 있는 것을 보았습니다. 그는 팔을 베고
누워서 만족스러운 미소를 지으며 하늘을 보고 있었습니다. 이
따금씩 오른쪽 다리 무릎 위에 얹어놓은 왼쪽 다리를 살살 흔
드는 모습이 보였지요. 그는 제가 다가오는 것을 알아차리지
못했습니다. 조금 떨어진 곳에서 예블람피아가 아래를 내려다
보며 서성이고 있었습니다. 작은 소리로 노래를 부르며 뭔가
를, 아마도 버섯을 찾는 듯이 한번씩 몸을 숙이고 손을 뻗기도
했습니다. 저는 멈추어 서서 귀를 기울였습니다. 처음엔 그녀
가 무슨 노래를 하고 있는지 분간이 가지 않았지만 얼마 지나
지 않아 많이 들었던 오래된 노래의 가사라는 것을 알 수 있었
습니다.

찾아라, 찾아라, 무서운 먹구름아
죽여라, 죽이거라, 장인 어른을
부수어라, 부수어라, 장모님도
그러면 내가 죽이겠다, 내 젊은 아내도.

예블람피아는 점점 큰 목소리로 끝을 길게 끌며 노래를 계속
했습니다. 슬로드킨은 여전히 누워서 웃고 있었고, 그녀는 그
의 주위를 돌고 있었습니다.
"허참!"
드디어 그가 입을 열었습니다.
"별 생각을 다하는군!"

“왜?”

예블람피아가 물었습니다.

“왜? 지금 무슨 소리를 하고 있는 거야?”

“있는 노래의 가사를 바꿀 수는 없잖아요, 발로지카.”

예블람피아가 대답을 하며 고개를 돌린 순간 저를 보고 말았습니다. 우리는 둘다 소리를 치고 반대 방향으로 달렸지요.

저는 서둘러 숲을 나와 작은 밭을 지나왔습니다. 제가 있는 곳은 하를로프의 정원 앞이었습니다.

저는 그 이후로 한 번도, 물론 그럴 만한 이유가 없기 때문이기도 했지만 제가 그때 본 것에 대해 생각하지 않았습니다. 단지 얼마 전에 뜻을 알고 놀란 '간통'이라는 단어가 머릿속을 맴돌았습니다. 정원의 사잇길을 지나 얼마 동안 걸어가자 버드나무(아직 잎이 하나도 떨어지지 않아 넓게 뻗어 빛을 내고 있었습니다) 뒤로 마르틴 피트로비치의 안뜰과 별채가 눈에 들어왔습니다. 저택은 깨끗하게 잘 정돈되어 있었습니다. 어디를 보아도 엄중한 감시의 손길이 닿아 있는 것이 느껴졌습니다. 안나 마르티노브나가 발코니로 나와 밝은 하늘색 눈을 가늘게 뜨고 숲 쪽을 바라보는 모습이 보였습니다.

"주인 어르신을 봤느냐?"

그녀가 뜰을 걷고 있는 일꾼 하나에게 물었습니다.

"블라디미르 바실레비치 말씀이십니까?"
그가 머리 위의 모자를 벗으며 말했습니다.
"아까 숲으로 가셨는데요."
"숲으로 가신 건 알아. 돌아오셨냐고, 못 봤어?"
"예, 여기서는 못 뵈었는 걸요."
일꾼은 모자를 벗은 채 안나 마르티노브나 앞에 서 있었습니다.
"그럼, 가 봐라."
그녀가 말했습니다.
"아니야, 잠깐…… 마르틴 피트로비치는 봤어? 어디 계신지 알아?"
"아, 마르틴 피트로비치요."
그가 노래하는 듯한 목소리로 왼손 오른손을 들어 어딘가를 가리키며 말했습니다.
"저기 호수 근처에 계십니다. 돌 위에 앉아 계세요. 낚싯대를 가지고 계시는데 낚시를 하시는 건지……. 뭘 하시는 건지 저야 모르지요."
"그래, 이젠 가봐."
안나 마르티노브나가 다시 말했습니다.
"그리고 저기 떨어져 있는 바퀴 좀 주워 놔."
일꾼은 그녀의 지시를 듣고 일을 하러 달려갔고 그녀는 얼마를 더 그렇게 발코니에 서서 숲을 바라보고 있었습니다. 그러다 한 손을 들어 위협하는 손짓을 해보이더니 천천히 안으로 들어가 버렸습니다.

"악슈드카!"

문 뒤로 그녀의 명령조의 목소리가 들렸습니다.

발코니에서의 안나 마르티노브나는 신경질적인 표정을 하고 가뜩이나 얇은 입술을 꽉 깨물고 있었습니다. 그녀는 허술한 옷차림을 하고 있었고 어깨 위로는 길게 딴 머리에서 삐져 나온 머리카락들이 흩어져 있었습니다. 그러나 그녀의 그 허술한 옷차림에도, 그 신경질적인 표정에도 불구하고 제게는 그녀가 여느 때와 다름없이 아름답게 보였습니다. 그리고 흘러나온 머리카락을 짜증스럽게 넘기던 그 손, 역시 잔인해 보이던 그 작은 손에 그럴 수만 있었다면 기쁨으로 가득 차 키스를 했을 거라고 생각했지요.

‘그렇다면 마르틴 피트로비치가 정말 낚시꾼이 된 걸
까?'

스스로에게 물으며 정원의 반대쪽에 있는 호수를 향해 갔습
니다. 둑으로 올라 사방을 둘러보았지만 마르틴 피트로비치는
보이지 않았습니다. 저는 호수를 따라 가보기로 했습니다. 드
디어 호수의 맨 꼭대기에서 색이 바래 붉은, 부러진 갈대 사이
에서 커다란 회색 돌덩이 같은 것이 보였습니다. 저는 그것을
좀더 자세히 살폈죠. 그것은 하를로프였습니다. 그는 모자도
쓰지 않고 헝클어진 머리를 그대로 내놓은 채 군데군데 꿰맨
자국이 있는 마포 카프탄을 입고 맨땅 위에 다리를 구부리고
앉아 있었습니다. 얼마나 그렇게 가만히 앉아 있었는지 제가
그가 있는 쪽으로 걸음을 옮기자 그의 바로 옆 마른 진흙 위에

있던 도요새 한 마리가 깜짝 놀라 날개를 치며 물가로 날아갔
습니다. 꽤 오랜 시간 동안 아무도 그곳에 오지 않았던가 봅니
다. 하를로프의 그 모습이 얼마나 이상했던지 데리고 갔던 개
가 꼬리를 감추고 물러서며 으르렁대기 시작했습니다. 그는 머
리를 조금 돌려 거친 시선으로 저와 제 개를 바라보았습니다.
짧지만 숱이 많은, 곱슬거리는 하얀 새끼양털 같은 그의 턱수
염은 그를 전혀 다르게 보이도록 했습니다. 오른손에는 다른
한쪽이 물 위에서 까닥거리며 흔들리는 낚싯대가 들려 있었지
요. 심장이 빠르게 뛰었습니다. 하지만 저는 용기를 내어 그에
게 다가가 인사를 했습니다. 그는 마치 잠에서 막 깨어난 사람
처럼 천천히 눈을 깜빡였습니다.

“마르틴 피트로비치.”

제가 말을 시작했습니다.

“고기를 잡고 계세요?”

“응…… 고기.”

그는 목이 쉰 소리로 대답을 하며 낚싯바늘도 없이 긴 실만
있는 낚싯대를 올려 들었습니다.

“낚싯줄이 끊어졌네요.”

저는 그렇게 말하면서 마르틴 피트로비치 곁에 그물도, 지렁
이 한 마리도 없는 것을 보았습니다. 하기야 구월에 무슨 낚시
를 하겠습니까!

“끊어졌어?”

그는 손으로 얼굴을 문지르며 말했습니다.

“아닌데, 끊어지긴!”

그는 다시 낚싯대를 던졌습니다.

"나탈리아 니콜라예브나의 아들이지?"

놀라워하며 그를 보고 있던 시간이 한참 지난 후에 그가 물었습니다. 그는 살이 빠지긴 했지만, 역시 거인처럼 보였습니다. 하지만 그가 입고 있는 옷과 그 초라한 모습이라니!

"네."

제가 대답했습니다.

"나탈리아 니콜라예브나의 아들입니다."

"잘 지내고 계신가?"

"어머니는 건강하십니다. 저희 집에 안 오셔서 어머님이 크게 실망하셨습니다."

제가 말했습니다.

"어머니는 당신이 저희 집에 오시는 걸 원치 않으실 거라고는 꿈에도 생각지 않으셨거든요."

마르틴 피트로비치가 고개를 숙였습니다.

"거기는 다녀왔니?"

고개를 돌리며 그가 물었습니다.

"어디요?"

"거기…… 집에 말이다. 아직 안 가봤어? 가보아라. 여기서 넌 할 일이 없냐? 난 할 얘기도 없고 얘기하는 건 질색이야."

그는 잠시 말을 멈추었습니다.

"총을 가지고 놀다니! 나는 아직 어렸을 때 이 길을 따라 뛰어다녔지. 우리 부친은…… 나는 그분을 존경했다. 요새 애들하곤 달랐다고. 아버지께서는 채찍을 들고 나를 가르치셨지.

그걸로 충분했다. 어리광을 받아 주시는 일도 없었지. 그래서 나는 그분을 존경했던 거야. 오…… 그렇지."
하를로프는 다시 말을 멈추었습니다.
"여기 그렇게 있지 말아라."
그가 다시 말을 시작했습니다.
"우리 집에 가보란 말이야. 살림이 몰라보게 좋아졌어. 발로지카……."
그리고는 잠시 입을 다물었습니다.
"발로지카는 못하는 것이 없지. 아주 영리한 사람이야!"
어떻게 설명해야 할지 모르겠지만 마르틴 피트로비치는 매우 편안하게 말하고 있었습니다.
"내 딸들을 봐라. 기억하지, 내 딸들. 그 애들도 아주 솜씨 좋은 안주인들이지. 난 이제 늙어서 편히 쉬기 위해서 뒤로 물러났지."
'잘 쉬시는군요!'
주위를 둘러본 제 머리 속에 떠오른 생각이지요.
"마르틴 피트로비치!"
제가 소리내어 말했습니다.
"저희 집에 꼭 와 주셔야 해요."
하를로프가 저를 바라보았습니다.
"가라, 어서 가라고."
"어머니를 서운하게 하지 마시고 꼭 오셔야 합니다."
"가라고, 저리 가."
하를로프가 단호하게 말했습니다.

"나하고 무슨 얘기를 하겠다는 거냐?"

"만약 타고 오실 것이 없으면 어머니께서 보내주실 겁니다."

"가!"

"정말이에요, 마르틴 피트로비치!"

하를로프는 다시 고개를 숙였습니다. 흙이 묻어 더러워진 그의 볼이 붉어지는 듯 보였습니다.

"정말이라니까요, 오세요."

제가 계속했습니다.

"여기 앉아서 뭐 하시는 겁니까? 자신을 괴롭히고 계시는 겁니까?"

"괴롭히다니."

그가 천천히 말했습니다.

"그렇게요, 괴롭히는 거요!"

제가 다시 말했습니다.

하를로프는 말없이 뭔가를 생각하는 듯 가만히 있었습니다.

저는 그의 침묵을 이용해 솔직히 하고 싶은 말을 다 하기로 마음먹었습니다. (제가 열다섯 살이었다는 것을 잊지 마십시오.)

"마르틴 피트로비치!"

그에게 다가가 앉으면서 말했습니다.

"저도 다 알고 있습니다, 모든 걸요! 그 사위라는 사람이 어떻게 하는지도 다 알고 있습니다. 그리고 따님들과 물론 상의를 해서 그렇게 하는 것일 테지요. 이미 일이 이렇게 되었는데…… 그렇게 슬퍼하고 계시기만 하면 어쩌십니까?"

하를로프는 여전히 말이 없었고 저는 제가 무슨 철학자라도 된 기분이었지요.

"물론."

제가 다시 말을 시작했습니다.

"딸들에게 다 주신 것은 조심성 없는 행동이었습니다. 그 관대함을 비난하려는 것은 아닙니다. 요즘은 그런 마음을 가진 사람을 찾아보기 어렵지요. 하지만 따님들이 그렇게 고마움을 모른다면 무시하십시오. 그렇게 속상해 하실 것이 아니라 그냥 무시해 버리시란 말씀입니다."

"그만해!"

갑자기 하를로프가 이를 갈며 말했습니다. 호수를 바라보던 그의 눈에 증오가 서렸습니다.

"하지만 마르틴 피트로비치……."

"가, 가라고 했잖아. 죽여 버리기 전에!"

저는 그에게 아주 가까이 있었는데 그의 마지막 말에 그만 저도 모르게 자리에서 일어나고 말았습니다.

"마르틴 피트로비치, 지금 뭐라고 하셨어요?"

"죽여 버리겠다고, 가버리란 말이야!"

거친 신음소리가 하를로프의 가슴에서부터 들려왔습니다. 하지만 그는 여전히 고개를 돌리지 않은 채 뚫어져라 앞만 바라보고 있었습니다.

"그 바보 같은 충고와 함께 물 속에 던져 버리겠다고! 늙은이를 화나게 하면 어떻게 되는지 알게 될 거야, 젖먹이 같은 녀석아!"

'정신이 나가 버렸군.'

제 머리 속에 떠오르는 생각은 그것뿐이었습니다. 저는 그에게서 시선을 떼지 못하고 그 자리에 얼어붙은 듯 서 있었습니다. 마르틴 피트로비치가 울고 있었습니다! 눈물 한 방울 한 방울이 볼로 흐르고 있었고 얼굴에는 점점 더 광폭한 표정이 떠오르고 있었습니다.

"어서 가!"

그가 다시 한 번 소리쳤습니다.

"그렇지 않으면 죽여 버리겠어, 다시는 그러지 못하도록 본때를 보여주겠다고!"

그리고는 온몸을 옆으로 돌리고 멧돼지 같은 이를 드러내 보였습니다. 저는 총을 들고 달리기 시작했습니다. 큰 소리로 짖어대며 개가 제 뒤로 바짝 붙어 따라왔습니다. 개도 놀란 모양이었습니다.

집으로 돌아온 저는 물론 어머님께 제가 본 것에 대해 한마디도 말씀을 드리지 않았습니다. 그런데 무슨 이유에선지 수비니르를 만나 다 이야기하고 말았지요. 그 기분 나쁜 인간은 제 얘기를 듣고 어찌나 기뻐하던지 큰 소리로 웃고 자리에서 뛰기까지 하는 바람에 그를 때려눕히고 싶은 마음을 겨우 참았습니다.

"아, 내가 봤어야 하는 건데."

그는 숨이 넘어가라 웃으며 말했습니다.

"그 '스베덴'의 신 하를루스가 진흙 위에 앉아 있다니……."

"그렇게 보고 싶으면 직접 가보시지요."

"그러다 정말 죽이기라도 하면?"

저는 수비니르에게 질색을 하며 섣불리 수다를 떤 것을 후회
했습니다. 수비니르를 통해 제 이야기를 옮겨 들은 지트코프는
조금 다른 반응을 보였습니다.

"경찰에 알려야겠어."

그가 결정했습니다.

"정말 군에서 사람을 부르는 것이 좋을 것 같군."

군대에 대한 그의 생각은 실현되지 않았지만 정말 알 수 없
는 일이 벌어진 것만은 사실입니다.

구월 중순의 어느 날, 마르틴 피드로비치와 만난 지 삼 주일 정도가 지났을 때였을 겁니다. 저는 아무런 생각 없이 저희 집 이층에서 창 밖으로 보이는 뜰과 계속되는 길을 우울하게 내려다보고 있었습니다. 벌써 닷새째 나쁜 날씨가 계속되고 있었습니다. 사냥은 생각도 할 수 없는 그런 날씨였지요. 모든 살아 있는 것이 어딘가로 숨어 버린 것 같았습니다. 참새마저도 조용해지고 까치는 이미 오래 전에 날아가 버리고 없었습니다. 바람은 소리 없이 회오리를 일으키기도 하고 윙윙 휘파람을 불기도 했습니다. 빛의 흔적이라고는 찾아볼 수 없는, 우울하게 허연 낮은 하늘은 점점 더 사나운 납빛으로 변해 가고 있었습니다. 그리고 비, 쉬지 않고 소리를 내며 내리던 비는 어느새 더 굵어지고 무거워져서 창문을 때리고 있었습니다. 나무는 완전히 힘을 잃고 회색으로 변해, 더 이상 빼앗아 갈 것도 없어 보였지만 바람은 멈추기는커녕 더 힘을 주어 나무를 밀고 잡아 당겼습니다. 온통 떨어진 나뭇잎으로 더러워진 물구덩이가 군 데군데 생겼고 비는 그 웅덩이에 빠졌다가 새 힘을 얻어 아래 로 흘러갔습니다. 길거리는 온통 말할 수 없이 더러웠고 추위 가 방으로까지 밀려 들어와 옷을 뚫고 뼛속까지 손을 뻗쳤습니 다. 온몸에는 소름이 돋고 모든 것이 매우 불쾌해졌죠. 그것은 슬픔이 아니라 말 그대로 불쾌함이었습니다. 이제는 영원히 세 상에는 빛도 색도, 해도 돌아오지 않을 것만 같았습니다. 질퍽 질퍽하고 우중충한 회색의 우울한 날씨만이, 그리고 끽끽거리 는 바람소리만이 계속될 것 같았지요.

그렇게 생각에 잠겨 창문 밖을 내다보고 있는데 갑작스러운 파란 어둠이 밀려왔습니다. 시계는 아직 열두 시를 알리고 있 었는데 말입니다. 그러다 갑자기 저희 집 뜰을 지나 집 대문 앞 으로 곰 같은 것이 다가오는 게 보였습니다. 그림에 있는 것처 럼 네 발로 서 있지는 않았지만 그것은 곰이 앞발을 들고 서 있 을 때의 모습을 하고 있었습니다. 저는 제 눈으로 본 것을 믿을 수가 없었습니다. 만약 제가 본 것이 곰이 아니라 하더라도 어 쨌든 그것은 뭔가 크고 털이 많은 검은 것이었음은 분명합니 다. 제가 아직 그것이 뭐였는지 생각을 하고 있는 동안 밑에서 쿵 하는 소리가 들렸습니다. 뭔가 예사롭지 않은 무서운 것이 저희 집 앞에서 쓰러지는 소리였지요. 사람들이 이리저리 오가 는 혼란스런 소리가 들려왔고…….

저는 급히 아래로 내려가 식당으로 들어갔습니다.

거실 문 앞에 얼어붙은 듯 제가 있는 곳을 바라보시며 서 계시는 어머님이 보였습니다. 어머님의 뒤로 몇 명의 겁에 질린 여자들의 얼굴도 보였습니다. 그리고 집사, 두 명의 하인, 놀라 입을 다물지 못하고 서 있는 사환 아이는 문의 앞쪽에서 서로를 떠밀고 있었습니다. 식당 한가운데에는 온통 진흙 투성이의 너덜너덜하게 찢어지고 물에 흠뻑 젖은 (얼마나 젖어 있었는지 주위에서 김이 나고 바닥으로 물이 줄줄 흘러나왔지요) 뜰을 지나 달려오던 제가 본 그 괴물이 죽어 가듯이 기침을 하며 무릎을 꿇고 앉아 있었습니다. 그 괴물이 누구였는지 아시겠습니까? 하를로프였습니다! 옆 걸음으로 들어가 제가 본 것은 얼굴이 아닌 그가 두 손으로 감싸고 있는 더러운 머리칼의 그의 머리였습니다. 그는 마치 경련이라도 일으킬 듯이 가쁘게 숨을 몰아 쉬고 있었습니다. 그의 가슴에서 무슨 소리가 들려올 정도였지요. 이 더럽고 검은 덩어리에서 구별할 수 있었던 것은 너무나도 작은 그의 하얀 눈뿐이었습니다. 그의 모습은 끔찍했습니다! 그를 마스토돈과 비교했던 한 고관의 말이 떠올랐습니다. 정말이지 그 모습은, 태고 이전의 한 동물이 원시의 늪에서 그를 공격하는 다른 아주 힘센 동물과의 싸움에서 겨우 살아났을 때의 바로 그러한 모습이었습니다.

"마르틴 피트로비치!"

그렇게 얼마가 지난 후 어머니께서 손을 내저으시며 말씀을 하셨습니다.

"자네가 맞는가? 아이고 하나님!"

"저…… 접니다……."

그의 뚝뚝 끊어지는 말소리가 들렸습니다. 그가 고통스럽게 오, 아와 같은 탄식 소리를 애써 참고 있는 듯이 들렸습니다.

"아니, 이게 무슨 일인가!"

"나탈리아 니콜라예브나, 집에서부터 걸어서 도망나왔습니다."

"아이, 이 진흙 좀 보게. 자네 사람 꼴이 아니군. 일어나, 그래 어디라도 앉게. 그리고 너희들은,"

하녀들을 향해 말씀하셨습니다.

"어서 수건을 가져와라, 그리고 무슨 마른 옷은 없나?"

집사에게 물으셨습니다.

집사는 손짓으로 그 큰 키에 맞을 만한 옷이 없다고 보여주고 있었습니다.

"아, 담요를 가져오겠습니다. 아니면 말에 씌우는 천이라도."

그가 대답했습니다.

"여보게, 일어나 앉게, 마르틴 피트로비치."

어머니께서 다시 그를 향해 말씀하셨습니다.

"마님, 저를 내쫓았습니다."

갑자기 하를로프가 신음소리를 내며 말했습니다. 그리고는 고개를 뒤로 젖히고 손을 앞으로 내밀었습니다.

"내쫓았다고요, 나탈리아 니콜라예브나. 제 친딸들이 제 집에서……."

어머니께서는 그만 경악을 하셨습니다.

"뭐라고! 내쫓다니! 이런 천벌을 받을! (그리고는 성호를 그으셨습니다) 마르틴 피트로비치, 이젠 제발 일어나 앉게나!"

두 명의 하녀가 수건을 가져와 하를로프 앞에 섰습니다. 그들은 그 많은 진흙을 어떻게 해야 할지 몰라 그대로 서 있기만 했습니다.

"내쫓았다고요. 내쫓았습니다, 마님."

하를로프는 계속해서 그렇게 되뇌이고 있을 따름이었습니다. 집사도 큰 모피 이불을 들고 돌아왔지만 역시 어쩔 줄을 모르고 있었지요. 문 밖에서 고개를 내밀고 있던 수비니르는 어디론가 사라지고 없었습니다.

"마르틴 피트로비치! 앉게! 그리고 차근차근 말을 해보란 말이야!"

이번에는 어머니께서 단호하게 명령을 하셨습니다.

하를로프가 몸을 일으키고…… 집사가 그를 도우려 했지만 손만 더럽히고 손가락을 털며 뒤로 물러섰습니다. 하를로프는 비틀거리며, 겨우 의자까지 와 자리에 앉았습니다. 하녀들이 다시 수건을 들고 다가갔지만 그는 손짓으로 거절하고 담요도 마다했습니다. 어머니께서도 더 이상 강요하시지는 않으셨지요. 하를로프를 말린다는 것은 이미 불가능해 보였는지 다만 그의 발자국만을 서둘러 닦아냈습니다.

“그래, 어떻게 자네를 내쫓았다는 말인가?”

하를로프가 겨우 ‘숨을 돌리고’ 나자 어머니께서 물으셨습니다.

“마님! 나탈리아 니콜라예브나!”

그가 긴장된 목소리로 입을 열었습니다. 불안정하게 움직이는 그의 흰자위는 저를 다시 놀라게 했습니다.

“사실만을 말씀드리지요. 가장 큰 잘못은 제게 있습니다.”

“그거 보게나, 그때 내 말을 들었어야 했어.”

어머니께서도 소파에 앉으시며 향수를 뿌린 손수건을 코 앞에 대고 말씀하셨습니다. 하를로프에게서 숲속의 늪에서도 그렇게 냄새는 나지 않을 것 같은 심한 악취가 풍겼던 것입니다.

“오, 제 잘못은 그게 아닙니다, 마님. 교만이 제 큰 죄지요.

느부가넷살왕을 그랬던 것처럼 교만이 저를 패망시킨 것입니다. 하나님께서 아직 제게 올바른 정신을 주셨을 때는 제가 무엇을 결정하면 그대로 다 되었지요. 그런데 죽음에 대한 두려움이 저를 찾아오고 나서는 완전히 제정신이 아니었습니다. 어디, 내 자손들에게 내 힘과 권력을 보여주자! 상을 주면 그 애들은 죽는 날까지 내게 감사하겠지. (이렇게 말하며 하를로프는 갑자기 몸을 심하게 흔들었습니다) 그런데 무슨 더러운 개처럼 쫓아내 버렸습니다! 이게 그 애들이 보여주는 감사하는 마음이란 말입니다!"

"어떻게,"

어머니가 겨우 말씀을 시작하려고 하셨을 때 하를로프가 어머니를 가로막았습니다.

"사환 아이 막심카를 어디로 데려가고,"

(그의 눈은 여전히 심하게 움직이고 있었고 깍지를 낀 손은 턱을 감싸고 있었습니다.)

"말도 가져가 버리더니, 매달 주기로 했던 용돈도 주지 않았습니다. 이렇게 저렇게 저를 괴롭혔죠. 하지만 저는 그저 말없이 참았습니다. 그저 참고만 있었지요. 제가 그렇게 참은 것은……. 오! 역시 교만 때문이었습니다. 다른 사람들이, 제 적들이 저 늙은 바보가 이제 후회를 하는구나, 하는 소리를 하지 않도록요. 그리고 마님도 그러시지 않았습니까, 믿는 도끼에 발등 찍힌다고! 그래서 저는 참았던 것입니다. 그런데 오늘 제가 제 방으로 들어가 보니 제 이불도 짐도 다 버리고 온통 다른 것들이 가득 차 있는 것 아니겠습니까! '거기서 잘 수는 있어,

안 그래도 불쌍해서 우리도 그냥 참았던 거야. 사실 이 방이 살림에 아주 필요해서 말이야.' 누가 제게 이 말을 했겠습니까? 바로 그 더러운 상놈 발로지카 슬로드킨입니다."

하를로프의 목소리가 잦아들었습니다.

"아, 자네 딸아이들은? 그 애들은 뭐라 하던가?"

어머니께서 물으셨습니다.

"저는 다 참았습니다."

하를로프는 하던 이야기를 계속했습니다.

"저는 슬프고 그리고 무엇보다도 부끄러워 견딜 수 없었습니다. 이 세상에 태어나지 않았더라면! 그래서 부끄러움 때문에, 수치심 때문에 마님을 찾아뵐 수가 없었던 것입니다! 저는 제가 할 수 있는 모든 것을 해보았습니다. 그 애들을 달래 보기도 하고 호통을 쳐보기도 하고 협박을 해보기도 했습니다. 그리고 그 애들 앞에서 절을 해보기도 했습니다. 이렇게 말씀입니다. (하를로프는 어떻게 절을 했는지 보여주었습니다) 그런데, 그런데도 아무 소용이 없었습니다! 그래도 저는 참았습니다! 처음엔 다 잡아서 씨도 안 남게 때려줄까 생각도 했었지요. 그러면 알겠지! 하지만 저는 그만 두었습니다. 어차피 죽을 때가 다 됐는데 준비를 해야 한다고 생각했습니다. 그런데 오늘 갑자기 개처럼! 누가요? 발로지카가 그랬단 말씀입니다. 딸들이요, 그 애들이 뭐라고 했느냐고 물으셨습니까? 그 애들이 무슨 자기 주장이라는 게 있는 줄 아십니까? 발로지카의 꼭두각시들이지요! 그렇습니다!"

어머니께서는 놀라움을 금치 못하고 계셨습니다.

“안나는 그 작자 처니 그렇다고 하지만, 둘째는 또 왜······.”

“예블람피아 말씀이십니까? 그 애는 안나보다 더합니다! 그러니까 완전히 발로지카 말만 듣습니다. 그래서 그 군인한테도 시집을 안 간 거지요. 발로지카가 시켜서 그렇게 한 겁니다. 평소엔 동생을 그렇게 싫어하던 안나도 화를 내지 않고 그대로 보고만 있지 뭡니까! 그 저주받을 놈이 무슨 마법이라도 건 것처럼 말입니다! 안나는 ‘그래, 예블람피아. 그렇게 도도하게 굴더니 지금 너 하는 짓을 봐라’ 하면서 좋아하기까지 한다는 말씀입니다! 오······ 오, 오! 아이고 하나님, 하나님!”

어머니의 걱정하시는 눈초리가 저에게로 향했습니다. 저는 저를 내보내실까 봐 조금 뒤로 물러나 섰습니다.

“마르틴 피트로비치.”

어머니께서 말씀을 시작하셨습니다.

“내가 키우던 아이가 자네에게 그렇게 큰 고통을 주게 되어 정말 유감이네. 그렇게 나쁜 사람이었다니. 나도 그 사람을 잘못 보았네. 하긴 누구 하나 그 사람이 그럴 거라고 어디 생각이나 했었겠나!”

“마님.”

하를로프가 비명을 지르며 가슴을 쳤습니다.

“저는 딸들의 그 불효를 그냥 보고 있을 수가 없습니다! 그럴 수 없습니다, 마님! 저는 그 애들한테 모든 것을 주지 않았습니까! 그런데도 저는 양심의 고통을 느껴야만 했습니다. 호숫가에 앉아 고기를 낚으면서 저는 정말 많은 생각을 했습니다. ‘다른 사람의 인생에 도움을 주는 일이라도 할 것을!’ 이런저런 생각을 했습니다. '불쌍한 사람을 도와줄걸, 오래 일만 시켰으니 농노들이나 풀어 줄걸! 하나님 앞에서 그들을 책임지는 건 난데 이제야 그들 생각에 눈물을 흘리다니!' 그런데 지금 그들이 어떻게 살고 있습니까? 제가 있었을 때도 고생이 심했던 것은 숨기지 않겠습니다. 하지만 지금은 그 고생의 끝이 보이지 않으니! 저는 이 모든 죄를 제 속에 쌓았습니다. 제 아이들의 양심을 위해 제가 그 죄를 지기로 했습니다. 그런데 그 대가로 길에 나앉다니요! 내 집에서 발길로 걷어차여 개처럼 쫓겨나다니요!"

"이젠 그 생각은 그만하게, 마르틴 피트로비치."

어머니께서 말씀하셨습니다.

"그리고 마님의 그 발로지카가 제게 뭐라고 했는지 아십니까?"

기운을 차린 하를로프가 말했습니다.

"그자가 그러더군요, 저는 더 이상 제 집에서 살 수 없다고요. 나무 하나도 제 손이 닿지 않은 곳이 없는 그런 곳인데, 그런 말을 들으니……. 저도 무슨 일이 일어난 건지 알 수가 없습니다! 온통 머리가 어지럽고, 심장을 칼로 찌르는 것 같고……. 그래서 그놈을 죽이든지 제가 집에서 나와야 한다고! 그래서 이렇게 마님께로 온 것입니다. 은혜로우신 나탈리아 니콜라예브나, 제가 어디 가서 또 고개를 내놓겠습니까? 그런데 비는 오고 길은 미끄럽고…… 못 해도 열두 번은 넘어졌을 겁니다. 그래서…… 지금 이런 꼴을 해가지고……."

하를로프는 자신을 한번 훑어보고는 자리에서 일어나려고

했습니다.

"됐네, 괜찮아, 마르틴 피트로비치."

어머니께서 서둘러 말씀하셨습니다.

"그게 뭐 큰 일인가. 자네가 바닥을 더럽혔다고? 그게 뭐 그리 대단한 일인가! 그럴 게 아니라 내가 시키는 대로 하게. 지금 자네를 다른 방으로 데려다 주고 깨끗한 이불도 줄 테니 옷 벗고, 씻고, 한숨 푹 자고……."

"마님, 나탈리아 니콜라예브나! 제가 어떻게 잠을 잘 수 있겠습니까!"

하를로프가 슬프게 말했습니다.

"머리를 망치로 치는 것 같은데요. 그들이 저를 이렇게 짐승보다 못하게 버렸는데……."

"누워서 잠들도록 해보게."

어머니께서 완고하게 말씀하셨습니다.

"그리고 차라도 마시면서 더 얘기를 하세. 그렇게 속상해 하지만 말고! 자네의 집에서 내쫓겼다지만 자네를 위해서라면 언제나 내 집에 보금자리가 마련되어 있다네. 난 아직도 자네가 내 생명의 은인이라는 걸 잊지 않았어."

"마님도 저의 은인이십니다!"

하를로프가 신음하며 손으로 얼굴을 가렸습니다.

"이제는 마님께서 저를 구해 주시는군요!"

이 말에 저희 어머니께서는 눈물을 흘리실 정도로 감동을 받으셨지요.

"기꺼이 자네를 돕겠네, 마르틴 피트로비치. 내가 할 수 있는 일이라면 얼마든지. 하지만 자네도 약속하게. 앞으로는 내 말을 따르겠다고, 그리고 모든 나쁜 생각은 잊어버리겠다고."

하를로프가 얼굴에서 손을 떼었습니다.

"만약 필요하다면,"

그가 조용히 말했습니다.

"그들을 용서할 수도 있습니다!"

어머니께서는 승인의 표시로 고개를 끄덕여 보이셨습니다.

"이렇게 진정한 그리스도인의 마음을 보이는 자네를 보니 기쁘네, 마르틴 피트로비치. 하지만 그 얘기는 나중에 하도록 하세. 먼저 좀 씻고, 중요한 건 한숨 자두게나. 자네는 마르틴 피트로비치를 돌아가신 어르신의 녹색 방으로 안내해 드리게."

어머니께서 집사에게 말씀하셨습니다.

"그리고 뭐든 필요하다고 하시면 그 즉시 갖다 드리도록 하게! 지금 입고 계시는 옷은 빨아서 말려 놓도록 하고 필요한 이불은 일하는 사람에게 부탁해서 가져오도록 하게. 내 말 알아들었나?"

"예, 마님."

집사가 대답했습니다.

"그리고 일어나시면 재단사더러 치수를 재라고 하고, 수염을 깎아 드리게. 지금 말고 나중에."

"예, 마님."

집사가 다시 말했습니다.

"이쪽으로 오십시오, 마르틴 피트로비치."

하를로프는 일어서며 어머니를 바라보고 다가가려 하다가

멈추어 서서 허리를 굽혀 인사를 하고는 성상 앞에서 세 번 성
호를 긋고 난 후에 집사를 따라 나섰습니다. 그들을 쫓아 저도
방을 나왔습니다.

집사는 하를로프를 녹색 방에 데려다 주고 이불이 없는 것을 보고 그 길로 이불을 담당하는 하녀에게 갔습니다. 우리의 앞을 돌며 함께 방으로 들어온 수비니르는 기다렸다는 듯이 방 한가운데에 서서 팔다리를 축 늘어뜨리고 뭔가 생각에 잠겨 있는 하를로프에게 다가가 그의 주위를 맴돌며 비웃기 시작했습니다. 하를로프에게서는 아직도 물이 떨어지고 있었습니다.

"스베덴 사람! 스베덴의 하를루스!"

허리를 잡고 고꾸라지는 시늉을 해가며 수비니르가 소리쳤습니다.

"위대한 하를로프가의 조상이여, 당신의 후손을 좀 보시오! 지금 어떤 꼴을 하고 있는지 알아보실 수 있겠소? 하하하! 전하, 손을 좀 보여주시겠습니까? 아니, 왜 검은 장갑을 끼고 계십니까?"

　저는 수비니르를 잡아 그만 두게 하고 싶었지만 그는 그럴
틈을 주지 않았습니다.

　"날더러 얹혀사는 사람이라 했겠다! 주는 것만 받아먹는다
고! 제 지붕도 없는 놈이라고 했지! 그러더니 이제 똑같이 죄
많은, 얹혀사는 신세가 됐군. 마르틴 하를로프와 수비니르가
이제 같은 처지가 된 거야! 이제는 똑같지! 주는 걸 받아먹는
신세가 되셨다고. 개가 냄새만 맡고 버린 빵조각을 주워서……
자, 먹어라! 하하하!"

　하를로프는 여전히 고개를 숙이고 팔다리를 벌리고 서 있었
습니다.

　"마르틴 하를로프! 역사 깊은 귀족 가문의 후손!"

　수비니르는 계속해서 빽빽거리며 말했습니다.

　"그렇게 잘난 척을 하시더니! 가까이 오면 혼줄을 내준다고?
그래, 그 좋은 머리로 가진 것을 죄다 나누어 주더니 이제는 무
슨 소리를 하는 거야! '감사! 감사!' 만을 외치고 있으니. 왜 나
한테는 아무것도 주지 않은 거야? 나한테 상을 내렸다면 내가
동정이라도 했을 텐데! 내가 했던 말이 정말 맞았지? 벌거벗겨
져……."

　"수비니르!"

　제가 소리쳤습니다. 하지만 수비니르는 전혀 그만 둘 것 같
지 않았습니다.

　하를로프는 여전히 그대로 서 있었죠. 그는 그제서야 자신이
얼마나 물에 젖어 있는지를 느끼고 더러운 옷을 벗게 될 때를

기다리고 있는 것 같았습니다. 그렇지만 집사는 아직 돌아오지 않고 있었습니다.

"하, 그러고도 군인이시라고!"

수비니르가 다시 말을 시작했습니다.

"조국을 구하셨어! 용감하게 말이야! 모르긴 몰라도 얼어죽은 적군들 바지나 벗겨 왔을 거야. 그렇지, 우리들은 계집애 하나라도 발을 구를 참이면 꽁지를 감추는 그런 사람들이거든……."

"수비니르!"

제가 두 번째로 소리쳤습니다.

하를로프가 곁눈질로 수비니르를 바라보았습니다. 그는 그때까지 수비니르가 있는 것을 모르고 있다가 그만 제 소리에 그 사실을 알게 된 듯하였습니다.

"조심해."

그가 조용히 말했습니다.

"그러다가 큰코 다칠 수 있어!"

수비니르는 자리에서 고꾸라지며 웃어댔습니다.

"아이구, 무서워라. 존경하는 형님, 정말 무서우시기도 합니다! 그보다 머리털이나 좀 감으시지요, 마르고 나면 닦지도 못하겠습니다. 그러면 하는 수없이 땋아야겠지요."

갑자기 수비니르가 물러섰습니다.

"아직도 허세를 부리다니! 벌거벗고 그래도 허세야! 그렇게 자랑하던 그 형님 지붕이 어디 있는지나 좀 들어봅시다. 나는 그래도 지붕은 있지, 너는 지붕도 없는 신세라고! 대대로 물려

온 나의 지붕!"

(그 단어가 수비니르의 마음에 쏙 들었던 모양입니다!)

"수비니르 씨!"

제가 말했습니다.

"지금 뭐하고 계시는 겁니까! 제발 정신 좀 차리십시오!"

하지만 그는 계속해서 빽빽거리며 하를로프 곁을 뛰면서 왔다갔다하고 있었습니다. 이불을 가지러 간 집사는 여전히 돌아오지 않았지요.

저는 두려워지기 시작했습니다. 저는 어머니와 이야기하는 동안 점점 이성을 되찾고 끝날 무렵에는 자신의 처지에 순응하는 것처럼 보이던 하를로프가 다시 흥분하고 있는 것을 느꼈습니다.

그의 숨소리가 빨라졌고 귀밑이 부풀어오르기 시작했으며 손가락과 그의 더러워진 얼굴에서 눈동자가 빠르게 움직이기 시작했습니다.

"수비니르! 수비니르!"

제가 소리쳤습니다.

"그만하지 않으면 어머니께 말씀드리겠어요."

하지만 수비니르는 무슨 귀신이라도 들린 사람처럼 계속했습니다.

"예, 예, 존경하는 형님!"

그가 다시 지껄이기 시작했습니다.

"이제 형님이 매우 곤란한 처지에 놓이셨군요. 따님들과 사위 블라디미르 바실레비치는 형님 지붕 밑에서 마음껏 형님을 비웃고 있을 겁니다. 약속대로 저주는 하셨나요! 그럴 만한 힘도 없으셨군요! 하기야 형님이 블라디미르 바실레비치 상대나 됩니까, 어디! 발로지카라고 부르셨지요? 그래, 형님의 발로지카가 어떻다고요? 그분은 블라디미르 바실레비치 어르신이시지요, 주인 어른이란 말씀입니다. 그런데 형님은 이제 무슨 꼴을 하고 계십니까?"

순간 지옥에서 나온 듯한 괴성이 수비니르의 말소리를 덮었습니다. 하를로프가 폭발한 것입니다. 꽉 쥔 주먹을 들어올리는 그의 얼굴은 파랗게 질려 있었고 갈라진 입술에는 거품을 물고 있었습니다. 그는 분노에 차 몸을 부르르 떨기 시작했습니다.

"지붕! 지붕이라고 했어?"

강철 같은 목소리로 그가 소리쳤습니다.

"저주! 아니, 난 그것들을 저주하지 않을 거야. 그럴 가치도 없는 것들이라고! 아, 지붕…… 지붕은 내가 부수어 버리지. 그래서 나처럼 그것들도 지붕 없이 남게 할 거라고! 마르틴 하를로프가 누구인지 보여주겠다는 말이야! 난 아직 힘을 잃지 않았어! 나를 비웃으면 어떻게 되는지 곧 알게 될 거야! 그것들도 지붕을 잃게 될 거라고!"

저는 그만 말을 잃고 말았습니다. 그런 끝없는 증오의 모습은 태어난 이래 한 번도 본 적이 없었습니다. 제 앞에 서 있는 것은 사람이 아닌 맹수였습니다! 저는 망연자실한 채…… 수비니르는 겁에 질려 책상 밑으로 숨어 버렸습니다.

"아무것도 남지 않을 거야!"

마지막으로 하를로프가 외쳤습니다. 그리고는 들어오는 하
녀와 집사를 발로 밀어내고 쏜살같이 달려 뜰을 지나 어딘가로
사라져 버렸습니다.

집사가 당혹스러운 표정으로 마르틴 피트로비치가 나갔다는 갑작스러운 소식을 전했을 때 어머니께서는 심하게 화가 나셨습니다. 그는 하를로프가 그렇게 가버린 이유를 숨기지 못했습니다. 저는 하는 수 없이 어머니에게 진실을 말해야 했습니다.

"다 네 짓이로구나!"

몰래 도망갈 생각으로 이미 문 앞에까지 가 있던 수비니르에게 어머니께서 소리치셨습니다.

"너의 독이 든 혀가 또 일을 저질렀구나!"

"저, 제가 지금, 지금……."

손을 뒤로 감추며 수비니르가 더듬거리고 있었습니다.

"지금…… 지금…… 그래, 내 잘 알지. 너의 그 지금!"

어머니께서는 노여움을 금치 못하시며 말씀하신 후 그에게 나가 버리라고 하셨습니다. 그리고는 크비친스키를 부르셨습니다. 그에게 마차를 준비해 예시코프에 다녀오라고 명령하시면서 무슨 일이 있어도 마르틴 피트로비치를 데려와야 한다고 하셨습니다.

"그 사람 없이는 돌아오지 마시오!"

그렇게 말을 마치셨습니다. 침울한 폴란드인은 말없이 고개를 숙이고 나갔습니다.

제 방으로 돌아온 저는 다시 창가에 앉아 제 눈앞에서 벌어진 일에 대해 한참을 생각했습니다. 식솔들의 모든 모욕에도 그렇게 참고만 있던 하를로프가 왜 그 하찮은 인간 수비니르의 비웃음에 자신을 조절하지 못하고 폭발해 버렸는지 저로서는 도서히 이해할 수가 없었습니다. 때로는 의미없는 말 한 마디가, 비록 보잘것없는 사람의 말이라 할지라도, 참을 수 없는 고통을 줄 수도 있다는 것을 아직 알지 못했던 것입니다. 증오하던 그 이름 슬로드킨을 수비니르가 부른 것이 기름에 불을 당긴 셈이 된 것입니다. 그의 상처받은 마음은 그 바늘이 돋은 혀를 참아내지 못했던 것이지요.

그렇게 한 시간 정도가 지났을까요? 뜰 안으로 크비친스키가 혼자 타고 있는 저희 마차가 들어오는 것이 보였습니다. 어머니께서 '그 사람 없이는 돌아오지 마시오!'라고 하셨는데 말입니다. 크비친스키가 서둘러 마차에서 내려 문을 향해 뛰어오고 있었습니다. 그의 얼굴은 아직 그런 적이 없었던 무척 괴로운 표정이었습니다.

"그 사람은?"

어머니께서 물으셨습니다.

"모셔오지 못했습니다."

크비친스키가 대답했습니다.

"도저히 불가능한 일이었습니다."

"그건 또 무슨 소리요? 그 사람을 보긴 했소?"

"예."

"그 사람한테 무슨 일이라도? 충격에 혹……?"

"아닙니다, 그런 일은 없습니다."

"그러면 왜 모셔오지 않았소?"

"그분께서 집을 모두 부수고 계십니다."

"뭐라고?"

"새로 지은 별채 지붕 위에 서 계시는데, 거기서 다 부수고 계십니다. 널빤지가 족히 사십 장은 날아갔을 겁니다. 윗가지도 한 다섯 개가……."

('그것들의 지붕을 없애버리겠어!' 하를로프의 그 말이 떠올랐습니다.)

어머니께서는 놀라셔서 크비친스키를 계속해서 바라보고 계셨습니다.

"혼자…… 지붕 위에 서서 다 부수고 있다고 했소?"

"예, 그렇습니다. 헛간 위에서 온통 때려부수고 계십니다. 그것은 사람의 힘이라고 할 수 없는 것이었습니다! 더구나 지붕도 그리 튼튼한 것은 못 되는 듯했습니다. 얇은 나무 판자로 그것도 사이사이를 띄어 못으로만 박아 놓은 그런 것이었습니다."

어머니께서는 뭔가 잘못 들으신 것은 아닌가 하시는 눈초리
로 저를 돌아보셨습니다.

"얇은 나무 판자로 사이사이를 띄어……."

어머니께서는 그 말뜻을 이해하지 못하시겠다는 듯이 반복
하셨습니다.

"그러면 이제 어쩌면 좋다는 말이오?"

한참 후에야 어머니께서 말씀을 하셨습니다.

"사람이 더 있어야 할 것 같아서 왔습니다. 거기 농노들은 겁
에 질려서 손도 꼼짝 못하고 있는 실정입니다."

"그 사람 딸들은?"

"그저 이리저리 뛰고 소리를 지르고 있지만 소용없는 짓이지
요."

"슬로드킨도 거기 있었나?"

"그렇습니다. 누구보다 크게 소리를 지르고 있긴 하지만 역
시 어떻게 하지는 못하는 것 같았습니다."

"그러니까 마르틴 피트로비치는 지붕 위에 서 계시고?"

"예, 그러니까 헛간에 서서 지붕을 부수고 계시는 겁니다."

"그렇지, 그래."

어머니께서 말씀하셨습니다.

"얇은 판자를……."

정말 굉장한 일이 아닐 수 없었지요.

경찰서장을 모셔오라고 하고 농노들을 모아서…… 어머니
께서는 어쩔 줄을 모르고 계셨습니다.

점심 시간에 맞춰 온 지트코프도 당혹해 하고 있었습니다. 그가 다시 무슨 군대 얘기를 하긴 했지만 더 이상 아무 제안도 하지 않고 그저 말없이 무력하게 바라보고만 있을 뿐이었습니다. 크비친스키는 저희 어머니께서 어떤 분부도 내리시지 못하고 있는 걸 보며 그의 차갑지만 충성스러운 태도로 만약 어머니께서 허락하신다면 몇몇 정원사, 하인과 마부를 데리고 가서 한 번…….

"그래, 그래."

어머니께서 그의 말을 가로막으며 말씀하셨습니다.

"그렇게 하시오. 비켄치 오시포비치! 될 수 있는 대로 서두르시오, 모든 책임은 내가 질 테니!"

크비친스키는 다만 차갑게 미소를 지어 보였습니다.

"하지만 마님, 한 가지만은 미리 말씀을 드리겠습니다. 하를로프 나리는 힘도 대단하고 모욕당하신 것에 대한 분노도 이만저만이 아니기 때문에 결과에 대해서는 어떻게 약속드릴 수가 없습니다."

"그래, 그래."

어머니께서 서둘러 대답하셨습니다.

"모든 잘못은 저 수비니르에게 있어! 절대 내 그것을 용서하지 않을 거야. 자, 사람들은 얼마든지 데리고 가게, 비켄치 오시포비치!"

"저, 새끼줄과 쇠 갈고리를 가져가는 게 좋을 거요."

낮은 목소리로 지트코프가 말했습니다.

"그리고 그물도 있다면 가져가는 게 나쁘진 않을 거고. 그러니까 내가 전에 군대에 있을 때에……."

"저를 가르칠 생각은 마시지요, 나리."

지겨운 듯이 크비친스키가 말했습니다.

"그렇게 말씀 안 하셔도 뭐가 필요한지 다 알고 있습니다."

지트코프는 자기도 가겠다고 말하며 화를 냈습니다.

"아니야, 아니야!"

어머니께서 그를 가로막으셨습니다.

"자네는 그냥 여기 있고, 비켄치 오시포비치가 하도록…….
비켄치 오시포비치, 어서 가시오!"

지트코프는 더 심하게 화를 냈지만 크비친스키는 고개 숙여
인사를 하고는 나가 버렸습니다.

저 역시 급히 마구간으로 달려가 제 말 위에 안장을 얹고 예
시코프로 향했습니다.

비는 이미 그쳤지만 강한 바람은 계속되고 있었습니다. 반 정도 갔을 때 안장을 묶고 있던 줄이 풀어져 안장이 떨어지려고 했습니다. 저는 말에서 내려 이로 줄을 묶으려고 하고 있었습니다. 그때 어디선가 제 이름을 부르는 소리가 들려왔습니다. 수비니르가 풀밭에서 뛰어오고 있는 것이었습니다.

"도련님."

그가 멀리서 제게 외쳤습니다.

"왜요, 궁금해서 참을 수가 없으셨습니까? 그러면 안 될 것도……. 저도 하를로프의 발자국을 따라가고 있는 길이지요. 이런 일을 어디 죽기 전에 다시 볼 수 있겠습니까!"

"당신이 저지른 일을 감상이라도 하겠다는 겁니까?"

저는 어이가 없어 그 말만을 하고는 다시 말에 올라 고삐를 당겼습니다. 하지만 수비니르는 강한 바람에 속력을 내지 못하는 제게서 한 발자국도 뒤지지 않고 악착같이 따라오며 계속해서 뭔가 외쳐대며 웃어젖혔습니다. 그렇게 예시코프까지 왔습니다. 이제 둑을 지나면 긴 갈대밭이 나오고 그걸 지나면 저택의 버드나무가 보이고……. 저는 대문에 이르러 말에서 내려 말을 묶어 두었습니다. 순간 놀라움에 그 자리에서 움직일 수가 없었습니다.

새 별채의 다락방이 있는 쪽에서부터 지붕의 삼분의 일 정도가 이미 골격만 남고 다 부서져 있었습니다. 별채의 양쪽으로는 떨어진 널빤지들이 아무렇게나 널려 있고요. 아무리 크비친스키의 말처럼 지붕이 허술했다고는 하지만 그래도 도저히 상상할 수 없는 모습임에 분명했지요. 헛간 위에서는 먼지를 일으키며 둔하지만 빠른 동작으로 까만 몸덩어리가 움직이고 있었습니다. 벽돌 밑으로 남아 있는 파이프를 (다른 하나는 이미 땅에 떨어져 있었습니다) 잡아당기기도 하고 널빤지를 집어 바닥으로 던지면서 심지어는 서까래를 잡고 흔들고 있기까지 했습니다. 그것은 하를로프의 모습이었습니다. 이번에는 정말 영락없는 곰의 모습이었습니다. 머리며 어깨, 등까지 모든 것이 곰의 형태였습니다. 넓게 다리를 벌리고 곰처럼 앞발을 들고 서 있었습니다. 날카로운 바람이 그의 헝클어진 머리로 불어댔습니다. 군데군데 찢어진 옷 사이로 그의 살이 벌겋게 달아오른 것을 보는 것도, 맹수처럼 뭐라고 중얼거리는 소리를 듣는 것도 매우 무서운 일이었습니다. 뜰에는 많은 사람이 모여 있었습니다. 사내아이들과 여자들, 하녀들 할 것 없이 담장에 붙어

그 모습을 보고 있었습니다. 몇 명의 농노들도 그곳에서 좀더
떨어진 곳에 무리를 이루고 있었습니다. 낯이 익은 늙은 사제
가 모자도 없이 다른 쪽 곁채의 발코니에 십자가를 양손에 들
고 서서 이따금씩 하를로프를 힘없이 올려다보았습니다. 그 사
제의 곁에는 예블람피아가 벽에 등을 대고 서서 아버지를 바라
보고 서 있었습니다. 안나는 창문으로 얼굴을 내밀기도 하고
없어졌다가는 마당으로 나왔다 다시 집 안으로 들어가며 소란
을 피우고 있었습니다. 겉옷을 걸치고 작은 유태인의 모자를
쓴 슬로드킨은 손에 총을 들고 서서 짧은 걸음으로 그 자리를
서성이고 있었습니다. 그는 완전히 제정신이 아니었습니다. 숨
을 헐떡거리며 으름장을 놓기도 하고, 떨며 총을 하를로프에게
겨누었다가는 다시 총을 어깨 뒤로 던져 버리고, 다시 총을 겨
누고, 그러다가는 마침내 울음을 터뜨렸습니다. 저와 수비니르
를 본 그는 그 길로 우리에게 다가왔습니다.

"보세요, 저것 좀 보시란 말입니다!"

그는 비명을 지르고 있었습니다.

"하는 짓 좀 보세요, 완전히 정신이 나가 버렸다고요. 미친
사람이 아니고 뭡니까! 그렇지 않다면 어떻게 저런 일을 할 수
있단 말입니까! 벌써 경찰을 부르러 사람을 보냈는데 아직 아
무도 오지 않고 있어요! 아무도 오지 않는다고요! 내가 총을
쏜다고 해도 법으로는 저를 어쩔 수 없지 않습니까? 모든 사람
은 자기 재산을 지킬 권리가 있단 말입니다! 정말 쏴버리고 말
겠습니다! 정말 쏠 거라고요!"

그는 집이 있는 쪽으로 향했습니다.

“마르틴 피트로비치, 조심하십시오! 지금 내려오지 않으면 쏘겠어요!”

“그래, 어디 쏴봐!”

지붕에서 거친 목소리가 들렸습니다.

“쏘라고! 그리고 자, 이건 선물이다!”

긴 널빤지가 떨어졌습니다. 그것은 공중에서 한두 바퀴 돌아서 슬로드킨의 바로 발밑으로 떨어졌습니다. 그는 놀라 고함을 쳤으며 하를로프는 큰 소리로 웃기 시작했습니다.

“아이고 하나님!”

누군가가 제 등뒤에서 작은 목소리로 말했습니다. 뒤를 돌아봤더니 그곳에는 수비니르가 서 있었습니다. ‘아!’ 제가 생각했지요. ‘이젠 그래 웃을 수가 없겠지!’

슬로드킨은 근처에 서 있던 농노의 멱살을 잡고 소리쳤습니다.

“올라가, 올라가라고! 이 악마 같은 것들아, 올라가란 말이다!”

그는 있는 힘을 다해 소리쳤습니다.

“가서 내 재산을 구하라고!”

그 농노는 한두 번 앞으로 나가는 시늉을 하다가는 고개를 뒤로 젖히고 손을 가로저으며 말했습니다.

“아이고, 나리!”

그 자리에서 그렇게 소리만 한번 지르고는 다시 뒷걸음질을 치는 것이었습니다.

“사다리! 사다리를 가져와!”

슬로드킨이 다른 일꾼들을 향해 말했습니다.

"어디서 가져오라는 말씀이십니까?"

한 목소리가 그에게 대꾸했습니다.

"그런데 사다리가 있다고 해도,"

다른 목소리가 서두르지 않는 말투로 말했습니다.

"누가 올라가려고 하겠습니까? 우리가 무슨 바보들입니까! 단번에 목이 꺾일 수도 있는데!"

"목을 꺾긴 누가 꺾는다는 거야."

살이 하얀 바보스러운 얼굴의 한 사내가 말했습니다.

"그럼 아니란 말입니까?"

나머지 사람들이 그의 말을 가로막았습니다. 제가 보기에는 상황이 위험하지 않다 해도 그들이 주인의 말에 그렇게 기꺼이 따를 것 같지는 않았습니다. 비록 하를로프에게 놀라긴 했지만 그래도 그의 난폭한 행동을 그들은 이해하고 있는 것 같았습니다.

"아, 이런 날강도 같은 놈들!"

슬로드킨이 신음소리를 내고 있었습니다.

"내 네놈들을……."

그때 마지막 남았던 파이프가 떨어졌습니다. 그리고는 노란색 먼지 속에서 괴성을 지르며 피투성이가 된 손을 위로 쳐든 하를로프가 고개를 돌려 우리를 바라보았습니다. 슬로드킨이 다시 그를 향해 총을 들었습니다.

예블람피아가 그의 팔꿈치를 잡아당겼습니다.

"방해하지 마!"

그가 성난 목소리로 그녀에게 외쳤습니다.

"너, 그만 두라고!"

그렇게 말하는 그녀의 파란 눈이 치켜올린 눈썹 밑에서 빛났습니다.

"우리 아버지께서는 당신의 집을 부수고 계시는 거야, 그분의 것이라고."

"아냐, 우리 것이라고!"

"네가 아무리 우리 것이라고 하지만 이건 아버지의 것이야."

슬로드킨은 증오에 차 부르르 떨고 있었고 예블람피아는 그렇게 슬로드킨의 얼굴을 바라보았습니다.

"아, 잘 했다! 잘 했어, 내 사랑하는 딸아!"

하를로프의 천둥과 같은 목소리가 들렸습니다.

"훌륭하구나, 예블람피아! 그래 네 애인과는 살 만하냐? 입 맞추고 사랑을 나누고 잘 사느냐고?"

"아버지!"

예블람피아의 큰 목소리가 들렸습니다.

"왜, 내 딸아?"

하를로프가 대답을 하며 지붕의 가장자리로 나왔습니다. 그의 얼굴에 적어도 제가 보기에는 어떤 이상한 미소가 피어났습니다. 밝고 기분좋은, 그리고 그렇기 때문에 더 무섭고 끔찍한 그런 미소였죠. 몇 년의 세월이 흐른 후 저는 그와 같은 미소를 사형수에게서 본 적이 있습니다.

"아버지, 그만 두세요, 내려오세요. (예블람피아는 이 사건이 일어나기 전까지는 그를 아버지라고 부르지 않았습니다) 우리가 잘

못했어요. 다 돌려드릴 테니 이젠 내려오세요.”

“네가 뭐라고 우리 것을 가지고 그러는 거야?”

슬로드킨이 참견을 하였습니다. 예블람피아는 더 눈썹을 치켜올릴 뿐이었습니다.

“아버지가 주신 것 다 돌려드릴게요. 내려오세요, 아버지. 우리를 용서하세요, 저를 용서하세요.”

하를로프는 계속해서 웃고 있었습니다.

“이미 늦었어.”

그는 한 단어 한 단어를 쇳소리가 나는 목소리로 말했습니다.

“너의 돌 같은 그 마음이 너무 늦게 움직였구나! 이미 굴러 떨어진 돌은 잡을 수 없는 게다! 나를 그렇게 보지 말거라! 난 이미 가망이 없는 사람이다! 너의 그 발로지카나 보지 그러니? 얼마나 잘생겼느냐! 그리고 너의 그 간사한 언니를 보아라, 저기 그 여우 같은 코를 창문 밖으로 내밀고 있구나. 그래, 남편이 어디 있는지 냄새를 맡고 있느냐? 그럴 수는 없지. 여보게들, 내 지붕을 빼앗아 가겠다고. 그래 난 나무조각 하나도 남겨 주지 않으마! 내 손으로 만든 것을 내 손으로 부수겠다고! 내 손으로! 보이냐, 난 도끼도 들고 있지 않아!”

그는 자신의 양 손바닥에 침을 뱉고는 다시 서까래를 집었습니다.

“그만하세요, 아버지.”

예블람피아가 놀라울 정도로 부드러운 목소리로 말을 했습니다.

"지나간 일은 다 잊으시고 저를 믿어 보세요. 아버지께서는 늘 저를 믿으셨잖아요. 이제 내려오셔서 따뜻한 제 방으로 가세요, 부드러운 제 침대에 누우세요. 제가 아버지를 따뜻하게 해드리고 상처도 싸매 드릴게요. 보세요, 손이 다 찢어지셨어요. 아버지, 저와 함께 아무런 불편 없이 사실 거예요. 맛있는 음식을 드시면서 단잠을 주무실 수 있게 해드릴게요. 우리가 잘못했어요! 뭘 모르고 큰 죄를 저질렀어요. 용서하세요!"

하를로프가 고개를 내저었습니다.

"계속해 보거라, 어디 내가 그 말을 믿을 수 있나! 너희들은 이제 내 믿음을 잃었다. 독수리 같던 나를 지렁이만도 못하게 여기더니. 그래, 그 지렁이까지도 밟아 죽일 생각을 했었지? 됐다! 난 너를 사랑했다. 그건 너도 알게다. 하지만 이제는 더 이상 너도 내 딸이 아니고 나도 네 아비가 아니다. 난 이미 가망이 없는 사람이야! 방해하지 말거라! 그리고 너 겁쟁이 장수 녀석아, 어디 쏴봐라!"

하를로프가 슬로드킨을 향해 호령했습니다.

"뭘 그렇게 오래 조준을 하고 있지? 그래, 법도 다 따지고 있으면서 뭘 망설이고 있지? 재산을 다 받고도 모자라 이제는 네게 그것을 준 사람의 목숨까지 위협하겠다고?"

하를로프가 천천히 말했습니다.

"그런 경우에는 준 사람이 모든 것을 되돌려 받을 수도 있는 것 아니겠어? 하하, 겁내지 말거라, 내 아무것도 돌려달라고 하지 않을 테니. 다만 내 손으로 다 끝내 버릴 테니까. 저리 가!"

“아버지!”
예블람피아가 다시 애원했습니다.
“조용히 해!”
“마르틴 피트로비치! 형님, 저를 용서해 주십시오!”
수비니르가 작은 소리로 말했습니다.
“아버지!”
“입 닥치라고, 이 망할 계집 같으니라고!”
하를로프는 그렇게 외친 후 수비니르에게는 시선도 주지 않
고 그가 있는 곳으로 침을 뱉을 뿐이었습니다.

그럴 즈음 크비친스키가 많은 사람을 이끌고 세 대의 마차와 함께 문 앞에 나타났습니다. 지친 말들이 힝힝거리는 소리가 났고 사람들이 하나둘씩 진흙땅으로 내려섰습니다.

"아이고!"

하를로프가 목청을 다해 소리쳤습니다.

"군대…… 정말 군대로군! 아주 군대가 와서 나를 잡아가려고! 좋아! 하지만 명심해! 누구든 위로 올라오는 놈이 있으면 내가 거꾸로 들어 던져 버리겠어! 난 초대받지 않은 손님이 오는 것을 좋아하지 않아! 알아들었어!"

그는 두 손으로 앞쪽에 있는 서까래 한 쌍의 '박공의 다리' 라고 불리는 곳을 잡고 힘을 주어 흔들기 시작했습니다. 그는 지붕 끝까지 그것을 끌어당긴 다음 규칙적으로 구령을 붙여 가며 끌며 앞으로 가고 있었습니다.

"한 번 더! 한 번 더! 우후!"

슬로드킨은 크비친스키에게 다가가서 눈물을 찔끔거리며 호소를 하기 시작했습니다. 하지만 그는 '방해하지 말 것'을 부탁하고 계획한 일을 시작했습니다. 그 자신이 앞으로 나가서서 귀족이 할 일이 못 된다며 하를로프를 설득시키려는…….

"한 번 더! 한 번 더!"

하를로프는 계속해서 구령 붙이기에 열중하고 있었습니다.

또한 나탈리아 니콜라예브나께서 이러한 행동을 매우 못마땅해 하시며 그에게서 이런 일을 기대하셨던 것은 아니라고 말을 하려는 생각이었습니다.

"한 번 더! 한 번 더! 우후!"

하를로프는 여전히 그렇게 반복하고 있었습니다.

그 사이에 크비친스키의 명령을 받은 네 명의 가장 힘이 센 마부들은 뒤쪽에서 지붕 위로 오를 생각에 집 뒤쪽으로 가고 있었습니다. 하지만 이 공격 계획도 하를로프를 속일 수는 없었습니다. 그는 갑자기 서까래를 집어던지고는 빠르게 헛간의 뒤쪽으로 달려갔습니다. 그의 모습이 어찌나 무서웠던지 벌써 헛간의 뒤로 거의 다 올라가고 있던 두 명의 마부는 하수 파이프를 따라 땅 위로 떨어지고 말았습니다. 그 바람에 하인 아이들의 웃음거리가 되고 말았지요. 하를로프는 그들에게 주먹을 보이며 놀라게 하고는 다시 앞쪽으로 돌아와 서까래를 잡고 굴리며 구령을 붙이기 시작했습니다.

그러다 그는 갑자기 하던 일을 멈추고 한 곳을 바라보았습니다.

"막시무시카, 내 어린 친구야!"

그가 기뻐하며 외쳤습니다.

"정말 거기 있는 것이 네가 맞느냐?"

저는 뒤를 돌아다보았습니다. 정말 농노의 무리 중에 이를 드러내고 싱글거리며 서 있는 막심카를 볼 수 있었습니다. 그의 주인 마구장이가 그를 집에 다녀오라고 보내 주었던 모양이었습니다.

"이리로 오거라, 막시무시카! 나의 충성스런 종아."

하를로프가 계속해서 말했습니다.

"함께 저 교활한 타타르인(러시아의 서부에 있는 자치 공화국)들을, 리트바의 도둑들을 해치우자!"

막심카는 여전히 싱글거리며 기다렸다는 듯이 지붕으로 오르려 했습니다. 하지만 주위의 하인들이 금세 그를 잡아 아래로 끌어내렸습니다. 왜 그랬는지는, 글쎄요, 자기들도 올라가라고 시킬까 봐 그렇게 했던 것일지도 모르지요. 하지만 그가 올라갔다고 해도 마르틴 피트로비치를 크게 도울 수는 없었을 것입니다.

"그래, 좋아! 좋다고!"

하를로프는 협박하는 목소리로 그렇게 말을 하고는 다시 서까래를 집었습니다.

"비켄치 오시포비치! 제가 총을 쏘도록 해주십시오."

슬로드킨이 크비친스키를 보며 말했습니다.

"그저 겁을 주려고요, 제 총에는 엽조용 산탄이 장전되어 있

습니다."

　하지만 크비친스키가 채 대답을 하기도 전에 하를로프가 강한 손으로 굴리던 앞쪽의 서까래 한 쌍이 갈라지며 뜰로 떨어지고 말았습니다. 그리고 동시에 버틸 힘이 없었던 하를로프도 무거운 소리를 내며 땅으로 떨어지고 말았습니다. 모두가 몸을 떨며 비명을 질렀고…….

　하를로프는 가슴을 땅에 대고 누워 있었습니다. 그의 등 위로는 지붕을 받치고 있던 긴 통나무와 넘어진 박공과 함께 떨어진 말 모양의 지붕 장식이 놓여 있었습니다.

모두들 하를로프에게 모여들어 그의 위에 있는 나무를
치우고 고개를 위로 하도록 돌려 눕혔습니다. 그의 얼굴에는
이미 생명의 흔적이 없었고 입에서는 피가 흘렀으며 숨을 쉬지
않고 있었습니다.

"기절하신 거야."

다가오던 사내들이 말했습니다. 누군가가 우물로 가 물을 한
통 떠와서는 하를로프의 얼굴에 끼얹었습니다. 그의 얼굴에서
흙과 먼지가 씻겨져 나갔습니다. 하지만 여전히 죽은 사람 같
은 얼굴은 변함이 없었습니다. 다른 사람들이 긴 의자를 가지
고 와서 별채 바로 옆에 놓고 마르틴 피트로비치의 무거운 몸
을 겨우 들어 고개를 등받이에 기대게 하고 앉혔습니다. 사환
막심카가 그에게 다가갔습니다. 그는 한쪽 무릎을 꿇고 다른

쪽 다리는 멀리 뒤로 빼고는 연극배우 같은 자세로 옛 주인의 손을 잡고 있었습니다. 예블람피아는 죽은 사람같이 창백한 얼굴을 하고 아버지 앞에 서서 커다란 파란 눈으로 그를 바라보고 있었습니다. 안나와 슬로드킨은 그에게 가까이 오지 않았습니다. 모두 말없이 뭔가를 기다리고 있었습니다. 드디어 짧은 숨소리가 들렸습니다. 하를로프의 목 안에서 뭔가 질척질척한 소리가 들려왔습니다. 그는 숨이 막힌 듯 헐떡거리고 있었습니다. 그리고 얼마 후 그는 오른손을 들고 (막심카가 왼손을 잡고 있었습니다) 자신의 오른쪽 눈을 뜨고 마치 심하게 술에 취한 사람처럼 천천히 주위를 훑어보며 불분명한 목소리로 말을 시작했습니다.

"뼈가…… 부러졌어……."

그리고는 잠시 뭔가를 생각하는 듯하더니 말을 이었습니다.

"아, 저기…… 까마…… 귀 새끼…… 가!"

그의 입에서 갑자기 피가 흘러나오기 시작했고 온몸이 떨렸습니다.

'끝이로구나!'

제가 그렇게 생각을 하고 있는데 하를로프가 오른쪽 눈을 다시 뜨고 (왼쪽 눈은 이미 죽은 사람의 것처럼 가만히 있었습니다) 예블람피아를 바라보며 겨우 들릴 듯한 소리로 말했습니다.

"음, 내…… 딸아, 나는 너를……."

크비친스키는 크게 손을 움직여 아직도 발코니에 서 있던 사제를 급히 불렀습니다. 노인은 통이 좁은 사제복 안으로 약한 무릎을 겨우 움직이며 걸어왔습니다.

하지만 그때 하를로프의 다리와 배가 이상한 모양으로 뒤틀리며 얼굴의 위아래로 불규칙하게 경련이 일어났습니다. 예블람피아의 얼굴도 그와 똑같은 모양으로 떨리고 있었습니다. 막심카는 성호를 긋기 시작했고…… 저는 두려움에 뒤도 돌아보지 않고 대문으로 달려갔습니다. 일 분도 채 지나지 않았는데 제 뒤에 있는 모든 사람의 입에서 무슨 작은 소리가 터져나오는 게 들려왔습니다. 저는 마르틴 피트로비치가 세상을 떠났다는 것을 깨달았습니다.

부검 결과 그의 뒤통수는 통나무에 의해 깨져 있었고 가슴의 뼈도 모두 부러져 있었다는 것을 알게 되었습니다.

'그는 죽어 가면서 무슨 말을 하려고 했던 것일까?' 말을 타고 집으로 돌아오며 저는 그 생각을 떨쳐 버릴 수가 없었습니다. '나는 너를…… 저주한다? 나는 너를…… 용서한다?' 다시 비가 내리기 시작했지만 저는 여전히 달리고 있었습니다. 저는 더 오래 혼자 생각에 잠겨 있고 싶었습니다. 수비니르는 크비친스키와 함께 온 마차 중 하나를 타고 가버린 뒤였습니다. 당시 저는 생각이 모자란 어린아이에 불과했지만 불의의, 혹은 예상되었던 (그것은 중요하지 않지요!) 죽음이 사람들의 마음속에 가져오는 갑작스럽고 전체적인 (한 부분만이 아닌) 변화, 그 죽음의 장엄함과 중요성, 그리고 진실함에 놀라지 않을 수 없었습니다. 저는 그저 놀라고 있었지만 그 놀라움 속에서도 저의 당황한 어린 눈은 참으로 많은 것을 보았습니다. 슬로드킨이 마치 훔친 물건이라도 되듯이 빠르게 총을 한쪽으로 숨기는 것을, 그리고 그와 그의 아내 둘다 모든 사람으로부터 말없는 소외의 대상이 된 것을, 갑자기 그들의 주위가 텅 비는 것을⋯⋯. 그 소외는 잘못이 언니보다 적었다고는 할 수 없지만 예블람피아에게는 전해지지 않았습니다. 그녀가 아버지 다리 앞에 쓰러져 있는 모습은 동정심을 불러일으키기까지 했습니다. 하지만 그녀 역시 큰 잘못을 저질렀다는 것을 모두를 통해 느낄 수 있었죠.

"어른을 노하게 하셨습니다."

머리가 하얀 노인이 마치 고대의 심판관같이 두 손과 긴 수염을 지팡이 위에 올려놓고 말했습니다.

"아씨의 영혼에는 죄가 있습니다! 노하게 하셨다고요!"

그리고 그 말 '노하게 하셨습니다!' 는 순간 모든 사람에게 되돌릴 수 없는 죄명이 되었습니다. 민중의 판결이 내려졌다는 것을 저는 알 수 있었습니다. 슬로드킨이 얼마 동안 어찌할 바를 모르고 있는 것도 보았습니다. 아무도 그에게 물어보지 않고 시신을 들어 집으로 옮기고, 사제는 그 나름대로 필요한 물건을 가지러 교회로 갔습니다. 하인 중 가장 나이 많은 사람은 장례를 위한 물건을 사기 위해 시내로 보낼 짐마차를 준비하러 집으로 갔습니다. 사모바르(러시아 특유의 차 끓이는 주전자)를 준비하라고 하는 안나 마르티노브나의 말도 더 이상 안주인의 명령이라 할 수는 없는 것이었습니다.

"돌아가신 분을 씻어 드릴 더운 물이 있어야 할 것 같아서."

그녀의 명령은 애원처럼 들렸고 사람들은 그 말에 무례하게 대답했습니다.

딸에게 죽음을 앞둔 그가 하고 싶었던 말은 무엇일까? 그 생각이 제 머리에서 떠나지 않았습니다. 용서를 하려고 했던 걸까? 혹은 저주를 하려고 했던 걸까? 결국 저는 용서를 하려고 했던 것이라고 스스로 결론을 내렸습니다.

삼 일이 지난 후 마르틴 피트로비치의 장례식을 치렀습니다. 그의 죽음으로 몹시 마음 아파하시던 어머니께서 모든 비용을 책임지시고 아무것도 아끼지 말 것을 재차 분부하셨습니다. 하지만 어머니께서는 교회에 가지 않으셨습니다. 어머님의 말씀을 빌리자면 두 명의 파렴치한 여자들과 그 더러운 유태인 녀석을 보시고 싶지 않으시기 때문이라고 하셨습니다. 하지만 크비친스키와 저를, 그리고 그때부터 모두에게 여자 같은 녀석이라고 통하게 된 지트코프를 보내셨습니다. 수비니르는 어머니께서 근처에도 못 오게 하셨습니다. 그리고도 오랫동안 그를 친구의 살인자라고 하셨습니다. 그 대가가 그에게도 힘들게 느껴졌던 모양입니다. 그는 어머니가 계신 방의 옆에서 까치발로 왔다갔다하며 비열하게도 우울증에 잠긴 듯한 얼굴로 안절부절못하고 중얼거렸습니다.

"지금!"

교회에서 장례식이 치러지고 있을 때 다시 제자리로 돌아온 듯 보이는 슬로드킨이 나타났습니다. 그는 이것저것 참견을 하며 비록 그의 주머니와는 아무런 상관도 없는 일이었지만 한푼이라도 낭비하는 일이 없도록 애쓰고 있었습니다. 어머니께서 새로 사주신 카자킨을 입은 막심카는 찬양대에 서서 얼마나 높은 테너로 노래를 했는지 더 이상 아무도 돌아가신 분에 대한 그 아이의 충성심과 진실한 마음을 의심할 수 없었지요! 두 딸들은 물론 검은 옷을 입고 있었습니다. 하지만 그들은 슬퍼하고 있다기보다는, 특히 예블람피아의 경우 당혹해 하고 있었습니다. 안나는 조용하고 엄숙한 표정을 하고 있었지만 눈물은 흘리지 않았습니다. 그저 그 아름답고 가는 손으로 머리칼과 볼을 만지작거리고 있을 뿐이었죠. 예블람피아는 계속해서 생각에 잠겨 있었습니다. 하를로프가 죽던 그날에 제가 본 그 소외는 이제 교회에 모인 모든 사람들에게서, 그들의 동작 하나하나에서, 그들의 눈길을 통해서도 볼 수 있었습니다. 다만 더 정연하고 냉담했죠. 그 모든 사람들은 하를로프 가족의 죄, 그 큰 죄가 이미 유일하신 분에 의해 경건한 심판의 자리로 올려졌다는 것을, 그래서 더 이상 걱정을 하거나 분노할 필요가 없다는 것을 알고 있기라도 한 것처럼 보였습니다. 그들은 살아 있을 때 그들이 그토록 미워하고 두려워했던 죽은 이의 영혼을 위해 정성을 다해 기도를 했습니다. 정말 모두에게 대단한 죽음이었습니다.

"술이라도 좀 마시지 그래."

교회의 입구에서 한 사내가 다른 사내에게 말했습니다.

"술을 안 마셔도 취하겠네."

사내가 대답했습니다.

"이게 무슨 일인가 그래."

"노하게 했어."

그의 말에 이어 다른 이들이 말했습니다.

"하지만 돌아가신 분도 심하게 일을 시키시지 않았나?"
하를로프의 농노로 보이는 한 사내에게 제가 물었습니다.
"그렇지요, 어르신도……."
그가 대답했습니다.
"하지만 그렇다고 해도…… 그분을 노하게 했지요!"
"노하게……."
사람들의 말소리가 들렸습니다.
예블람피아는 무덤 앞에서도 정신을 잃은 듯이 서 있었습니다. 그녀는 무슨 생각에 깊이 잠겨 있었습니다. 아주 고통스러운 생각에……. 저는 몇 차례 그녀에게 말을 건네는 슬로드킨에게 그녀가 지트코프에게 했던 것처럼, 아니 그보다 더 심하게 대하는 것을 느낄 수 있었습니다.

며칠 후 주변에서 예블람피아 하를로프가 언니에게 모든 물려받은 재산을 남기고, 단 몇 백 루블만을 들고는 영영 아버지의 집을 떠났다는 소문이 나돌기 시작했습니다.
"다 차지했군 그래, 안나 말이야!"
어머니께서 생각나셨다는 듯이 말씀하셨습니다.
"자네와 나만,"
수비니르를 대신해 어머니와 피켓 놀이를 하던 지트코프를 보시며 계속 말씀하셨습니다.
"손이 느리군."
지트코프는 슬픈 눈으로 자신의 커다란 손바닥을 내려다보았습니다. '아니, 이게 느린 손이라고!' 그런 생각을 하는 듯 보였습니다.

그로부터 얼마 후 어머니와 저는 모스크바로 이사를 했습니다. 그리고 제가 다시 마르틴 피트로비치의 두 딸을 보게 된 것은 그 뒤로도 몇 년이 더 지난 뒤였지요.

그러나 저는 그들을 보았습니다. 안나 마르티노브나와는 자연스럽게 만나게 되었지요. 어머니께서 세상을 떠나신 뒤 벌써 십오 년이나 가보지 않았던 시골에 들렀을 때 한 중개인이 초대장을 가지고 왔습니다. (당시 러시아 전역에서는 서서히 농지 배분법이 새로 시행되고 있었습니다.) 미망인 안나 슬로드킨의 영지에 별장이나 그밖의 건물들을 소유한 주인들이 모이는 회의에 오라는 초대장이었지요. 검은 자둣빛의 눈을 가진 어머니의 '유태인'이 더 이상 이 세상에 없다는 소식은, 솔직히 말해 왠지 저를 슬프게 했습니다. 하지만 그의 미망인을 본다는 것은 제게 흥미로운 일이 아닐 수 없었습니다. 주변에는 이미 그녀가 훌륭한 안주인이라고 알려져 있었습니다. 그런데 정말 영지나 저택, 건물 하나하나까지 (무심코 올려다본 그 집 지붕은 양철

지붕이었습니다) 정말 깨끗하게 잘 정돈되어 있었고, 필요하다
싶은 곳은 소박하게나마 꾸미기도 해놓았더군요. 안나 마르티
노브나는 물론 이미 나이가 많이 들었지만 언젠가 저를 흥분하
게 만들었던 그 차갑고 교활한 아름다움을 완전히 잃지는 않고
있었습니다. 비록 시골 여자다운 옷을 입고 있긴 했지만 그래
도 화려하게 보였습니다. 그녀는 친절하고 그녀에게는 어울리
지 않는 단어였지만, 매우 정중하게 우리들을 맞았습니다. 그
리고 그 무서운 일의 증인인 저를 보았을 때도 눈썹 하나 까딱
하지 않았습니다. 하지만 어머니에 대해서, 자신의 부친에 대
해서, 그리고 자신의 동생에 대해서는 한마디 언급도 하지 않
았습니다.

그녀에게는 두 딸이 있었습니다. 둘다 아주 예쁜 얼굴에 날
씬하고 검은 눈동자에 밝고 귀여운 표정을 담고 있는 소녀들이
었습니다. 그리고 아들도 한 명 있었는데 정말 아버지를 쏙 빼
닮은, 그렇지만 역시 어디에 내놔도 손색이 없을 사내아이였지
요. 회의 중에도 안나 마르티노브나는 침착한 태도를 보이며
특별히 고집을 부리거나 탐욕스럽게 굴지 않으며 품위를 지키
고 있었습니다. 하지만 어느 누구도 그녀보다 자신에게 이익이
되는 일을 잘 이해하고 설득력 있게 자신의 권리를 지키는 사
람은 없었지요. 모든 '관련 법'은 물론이고 각 부서에 대해서
도 그녀는 아주 잘 파악하고 있었습니다. 그녀는 비록 작은 목
소리로 짧게 몇 마디했을 뿐이었지만 매번 핵심을 찌르는 말들
이었습니다. 결국 우리 모두는 그녀의 요구에 동의를 하고 스
스로 놀랄 정도로 그녀에게 많은 것을 양보하는 것으로 회의는

끝났지요. 돌아오는 길에 다른 영주들은 투덜거리며 고개를 내저었고 스스로를 꾸짖기까지 했습니다.

"참 똑똑한 여자야!"

한 사람이 말했습니다.

"교활한 사기꾼입니다!"

다른, 조금은 덜 점잖아 보이는 영주 한 사람이 끼어들었습니다.

"풀솜으로 목을 조른다더니!"

"대단한 구두쇠지요!"

세 번째 사람이 말을 이었습니다.

"제 형제한테도 보드카 한 잔에 생선알 한 조각만 떼어 줄 사람이라고요. 원, 어디 또 그런 사람이 있겠습니까?"

"그럼 뭐 다른 것을 기대하셨나요?"

그때까지 잠자코 있던 한 사람이 말했습니다.

"제 남편도 독살한 여자라는 걸 모르십니까?"

놀랍게도 이토록 엄청난, 증거도 없는 누명을 아무도 반박하고 나서지 않았습니다! 그러나 제가 지금까지 들려드린 그녀에 대한 그러한 말들에도 불구하고, 그 점잖지 못한 영주까지도 안나 마르티노브나에게 존경심을 가지고 있다는 것이 저에게는 더욱 놀라운 일이었습니다. 초대장을 가져왔던 그 중개인은 아예 칭송을 하고 나서기까지 했습니다.

"그녀에게 왕관을 씌운다면,"

그가 말했습니다.

"그 세미라미다 여왕보다도, 예카테리나 이 세(독일 출생의

러시아 여제. 남편 표트르 삼 세를 죽이고 즉위하였음)보다도 농노들을 다스리는 일에서나, 자녀들을 교육시키는 일에 훨씬 모범을 보였을 것입니다! 정말 똑똑한 분이지요!"

　세미라미다와 예카테리나는 그렇다고 치고, 안나 마르티노브나가 행복하게 살고 있지 않다는 의심이 들었습니다. 겉으로 보나 안으로 보나 만족스러운 모습이었고, 그녀뿐 아니라 그녀의 가족 모두로부터 정신적, 육체적인 건강함이 느껴지긴 했지만, 그녀가 이런 행복을 누릴 권리가 있는지에 대해서는 다른 문제지요. 물론 그런 질문이야 사람이 아직 젊었을 때에나 할 수 있는 것이지만요. 세상의 모든 것은, 그것이 나쁜 것이든 좋은 것이든, 그 사람의 어떤 일에 대해 대가로 주어지는 것이 아니라 알 수 없는, 하지만 논리적인 어떤 힘에 의해서, 제가 무엇이라고 감히 단정지을 수 없지만 다만 이따금씩 느낄 수 있는 그런 힘에 의해서 얻어지는 것 아니겠습니까?

그 중개인을 통해서 들은 소식에 의하면 예블람피아는
그때 집을 떠난 이후 소식이 없이 사라져 버렸다고 했습니다.
그는 또 '벌써 오래 전에 천상으로 올라갔겠지요'라고 말했습
니다.

중개인은 그렇게 말했지만 저는 예블람피아를 봤다고 확신
합니다. 이렇게 말입니다.

안나 마르티노브나를 만나고 한 사 년이 지난 후, 저는 페테
르부르크 근처에 있는 별장주들에게 잘 알려진 한 시골 마을
무리노에서 여름을 보낸 적이 있습니다. 그 즈음에 그곳은 사
냥하기에 좋았기에 저는 거의 매일처럼 총을 들고 다녔지요.
제게는 평민 출신의 제법 영리하고 마음씨 좋은 비클로프라는,
그의 말대로 어디에서 무엇을 하든지 '예측할 수 없는' 행동을

하는 친구가 있었습니다. 그는 아는 것이 많은 탓에 어떤 일에
도 좀처럼 놀라지 않았습니다. 좋아하는 것이라고는 포도주와
사냥뿐인 사람이었죠. 그런데 어느 날 무리노로 돌아가는 길에
사거리에 서 있는 높은 담으로 가려진 외로운 집 한 채를 지나
게 되었습니다. 저는 이미 그 집을 여러 번 보았는데 볼 때마다
그 집은 호기심을 자극시켰습니다. 그 집에는 어딘지 감옥이나
병원을 연상시키는 신비하고 비밀스러운, 말없는 음산함이 있
었습니다. 길에서는 붉게 칠을 한 높은 지붕만이 보였습니다.
담장 전체에는 문이 하나뿐이었는데 그 문조차도 굳게 닫혀 있
었고 안에서는 아무 소리도 나지 않았습니다. 그럼에도 그 집
에는 분명히 누군가 살고 있는 것이 느껴졌습니다. 버려진 집
의 모습은 아니었지요. 오히려 모든 것이 단단하고 견고해 어
떤 공격에도 끄떡없을 듯이 보였습니다.

"이 성 같은 집은 무엇인가?"

제가 친구에게 물었습니다.

"자네 뭐 아는 것 없나?"

비클로프가 눈을 가늘게 뜨며 미소를 지었습니다.

"아주 잘 지은 건물이지요? 이 지방 경찰서장이 이 집으로
버는 돈도 적지 않을 겁니다!"

"그건 또 무슨 소리인가?"

"플리스토브스트보(18세기, 19세기 전반의 러시아 그리스도교의
한 파. 교회, 사제를 부정하고 자기 몸을 매질한다)라고 들어보셨습
니까? 사제님 없이 지내는 사람들이요."

"들어보았네만."

"여기에 그들의 어머니가 살고 있지요."

"여자가?"

"예, 어머니라니까요. 그 사람들 식이라면 성모님이고."

"설마?!"

"예, 아주 엄한 여자라는데……. 아주, 뭐 군대 사령관 같다
는군요! 큰돈을 쥐고 있답니다! 그 성모를 잡아서 그냥…… 더
말해 뭐하겠습니까!"

그는 자신의 놀라운 감각을 지닌, 하지만 가만히 서서 사냥
감을 지키는 재주는 없는 개 비가시카를 불렀습니다. 비클로프
는 개가 날뛰는 것을 막기 위해 뒷다리를 묶어 둘 수밖에 없었
죠.

그의 말이 제 머리를 맴돌았습니다. 그 이후 저는 그 집을 지
나쳐 가기 위해 일부러 방향을 바꾸어 돌아가기도 했습니다.
그날도 그렇게 그 집 앞을 지나고 있었습니다. 그런데 기적 같
은 일이 일어났습니다! 빗장이 삐걱거리는 소리가 나더니 문을
여는 열쇠소리가 들렸습니다. 그 큰 대문이 서서히 열리고는
무늬가 있는 멍에 밑으로 갈기를 땋아 늘어뜨린 거대한 말의
머리가 나타났습니다. 그리고 상인들이나 그들의 아내들이 타
고 다니는 것 같은 마차가 천천히 밖으로 나왔습니다.

가죽을 씌운 마차의 의자에는 서른 남짓 되어 보이는 잘생기
고 깨끗한 외투를 입은 이마 아래까지 푹 눌러쓴 모자가 잘 어
울리는 한 사내가 앉아 있었습니다. 그는 살이 찐 튼튼한 말을
솜씨 있게 다루고 있었죠. 그 남자의 곁에는, 마차의 다른 편으
로 키가 크고 막대처럼 곧은 한 여인이 앉아 있었습니다. 그녀

는 머리에 값비싼 실크 스카프를 두르고 있었고 올리브 색의
짧은 비로드천 외투와 어두운 남색의 메리노(면양의 한 품종. 털
이 가늘어 고울 뿐 아니라 질이 매우 우수해 고급 직물로 쓰임) 치마
를 입고 있었습니다. 하얀 두 손은 가슴 앞으로 얌전히 서로 맞
잡고 있었습니다. 마차가 길가로 나와 왼쪽으로 방향을 바꾸자
그 여인을 바로 가까이서 볼 수 있었습니다. 그녀는 다름 아닌
예블람피아 하를로프였습니다. 저는 한치의 의심도 없이 바로
그녀를 알아볼 수 있었습니다. 그 눈, 그리고 누구의 얼굴에서
도 다시 볼 수 없는 그렇게 오만하면서도 섬세한 모양을 한 입
술을 보고 제가 어떻게 의심을 할 수 있었겠습니까! 얼굴이 약
간 길어진 듯, 마른 듯 보였고 피부가 조금 검어지고 약간의 주
름살이 보였는데 그 얼굴에 드러난 표정이 예전과는 상당히 달
랐습니다. 얼마나 자신에 차고 엄하면서도 도도한 얼굴이었는
지 말로 표현하기 어려울 정도였습니다! 그녀의 표정에 담긴
것은 그저 권력의 힘에서, 넘치는 권력에서만 나오는 것은 아
니었습니다. 저를 바라보는 무관심한 그녀의 시선에서는 다만
감사받기만 하는, 무조건적인 순종을 찾는 오래된 그녀의 습관
을 찾아볼 수 있었습니다. 그 여인은 자신의 추종자라기보다는
노예들에 둘러싸여 살고 있는 듯 보였습니다. 그녀는 아마 자
신의 명령이 바로 이행되지 않았던 때도 있었다는 것을 기억도
못하고 있는 듯 보였습니다. 저는 그녀의 이름을 큰 소리로 불
렀습니다. 하지만 저를 바라보는 그녀의 눈은 놀란 눈이 아닌
'누가 나를 귀찮게 하는 거지?' 라고 말하는 듯한 성난 것이었
지요. 그리고는 입을 벌릴 듯 말 듯하며 명령을 내렸습니다. 곁

에 있던 남자는 빠르게 채찍으로 말을 내리쳐 제 앞으로 먼지를 일으키며 달렸습니다. 마차는 사라지고 없었습니다.

그 이후 저는 예블람피아를 다시 보지 못했습니다. 어떻게 마르틴 피트로비치의 딸이 플리스토브스트보의 성모가 되었는지 저는 알 수 없는 일이지요. 누가 알겠습니까? 어쩌면 벌써 그녀의 이름으로 예블람피아라 불리는 새로운 종교를 만들었을 수도 있지요. 세상에는 별일이 다 있으니까요.

자, 이것이 제가 여러분께 들려드리고자 했던 초원의 리어왕과 그 가족의 이야기입니다.

이야기하던 사람이 말을 멈추었다. 우리도 별로 많은 이야기를 나누지 않은 채 각자 집으로 흩어졌다.

〈 끝 〉

투르게네프의 인생과 작품 세계

19세기 러시아 문학의 거목

19세기 러시아 문학계에는 유례없이 많은 거장들이 배출되었다. 이반 S. 투르게네프(Ivan S. Turgenev, 1818-1883)는 푸슈킨, 고골리, 톨스토이, 도스토예프스키 등과 어깨를 나란히 하는 대문호로서 특히 자연 묘사와 여성 심리 묘사에 탁월해 '러시아 제일의 문장가'라 불리고 있다.

또한 그는 언어라는 장벽을 깨뜨리고 러시아 문학을 서구에 처음으로 소개했으며 오랜 외국 생활을 통해 서유럽에 러시아의 정신을 알리고 유럽에서 명성을 얻은 최초의 러시아 작가이기도 하다. 국내에는 〈아샤〉, 〈첫사랑〉, 〈아버지와 아들〉의 작가로 잘 알려져 있다.

그의 성장 배경

투르게네프는 러시아의 부유한 상류 지주 계급에서 태어나
최고의 교육을 받았다. 그러나 가정적인 면에서는 그리 행복하
지 못했다. 그의 아버지는 잘생긴 호남이었으나 우유부단하고
소극적이었다. 파산 상태의 가문을 일으키기 위해 부유한 상속
녀인 어머니와 결혼한 그는 애정 없는 결혼 생활에 충실하지
못했다. 어머니는 매우 강한 성격으로 이러한 가정상의 불화로
말미암아 자식들과 농노들에게 전제적이고 가혹하게 대했다.
어린 시절부터 농노들의 비참한 생활상을 보아 온 투르게네프
는 이후 그의 작품 세계에서 농노들의 삶을 중요하게 취급한
다.

자식들의 교육을 중요시한 어머니 덕에 어린 시절부터 여러
가정교사를 초빙해 최고의 교육을 받는다. 그는 모스크바 대학
과 성 페테르부르크 대학을 다녔으며, 철학 석사 학위를 받았
다.

그의 작품 세계

처음에 그의 초기 작품 중 하나인 〈사냥꾼의 수기〉(Sports-
man's Sketches)가 극찬을 받을 때까지 그는 작가로서 성공할
수 있을지 자신의 능력을 의심했다. 〈사냥꾼의 수기〉는 러시아
농노들의 힘겨운 삶을 묘사한 연작 소설이다. 투르게네프는 전
원 생활과 농노 제도가 농노와 주인에게 미치는 악영향을 아주

사실적으로 그렸다. 농노들을 인간 이하로 보는 것이 일반적이었지만, 그는 농노들을 인간으로 묘사했을 뿐만 아니라 그들의 인간성이 주인보다 더 뛰어난 것으로 표현했다.

〈사냥꾼의 수기〉에서 농노 제도에 대해 강력한 이의를 제기함으로써 러시아에 미친 영향은 미국에서의 스토 여사의 〈톰 아저씨의 오두막집〉에 비견된다. 이 소설이 알렉산드르 2세에게 깊은 감동을 주어, 그로 하여금 농노들을 해방하도록 영향력을 발휘하고, 그가 해방자라는 이름을 얻게 했던 것이다. 투르게네프 자신은 농노 해방령이 내리기 이전에 자신의 농노들을 해방시켜 주었다.

투르게네프는 러시아의 전원과 농부들의 삶을 정확하게 묘사한 〈시골에서의 한달〉(A Month in the Country), 〈호리와 칼리니치〉(Khor and Kalinich)를 포함하여 몇 편의 다른 소설을 썼다.

투르게네프는 후기 작품들에서 그 시대의 다른 작가들이 대체로 그랬던 것처럼 이상주의자의 비극을 그리는 데 관심을 기울이기 시작한다.

〈잉여 인간의 일기〉(The Diary of a Superfluous Man)에서 투르게네프는 자기 자신의 정체성을 살펴봄으로써 본질적으로 주위의 모든 것들을 차단시키고 혼자 살고자 하는 이런 공허한 이상주의자들 중 특별한 인물을 묘사했다.

이 당시 러시아 사람들은 서방 세계와 경쟁하기 위해서 서구화할 필요성과 슬라브족의 우월감으로 옹호되고 있는 독특한 러시아 문학을 지켜 가려는 소망 사이에서 갈등을 느끼고 있었다. 지식인들은 시대 상황들과 이런 갈등 사이에서 방황하며 그들의 뛰어난 지성으로 인해 스스로를 세상으로부터 격리시키고 세상과 거리를 두면서 잉여 인간류의 무능한 지식인으로 부당한 대접을 받았다.

투르게네프의 인기 있는 다른 소설 〈루딘〉(Rudin, 1856)에서도 이런 인물을 내세워 혁명 전야의 러시아 사회에서 지식인 그룹이 지닐 수밖에 없었던 인텔리겐치아의 숙명적 비극을 그렸다. 이후 이런 경향은 〈귀족의 둥지〉(A Nest of Gentlefolk, 1859)와 〈전날 밤〉(On the Eve, 1860)에서 더욱 구체화된다.

투르게네프는 위대한 작품들을 많이 썼지만, 러시아 사람들이 좋아하는 러시아 남성 영웅은 한 명도 없었다. 사람들의 기대에 부응해서 투르게네프는 〈아버지와 아들〉(Fathers and Sons)을 썼다. 이 소설 속의 영웅은 미천한 출신의 대학생으로 과거를 비웃고 변화의 속도가 느린 당시의 자유주의를 못 견뎌한다. 그럼에도 불구하고 투르게네프는 종국에 가서는 혁명이 무익하다고 이야기한다. 투르게네프의 이런 견해는 많은 러시아의 급진주의자들을 화나게 했다. 아마도 이러한 분노가 급진주의자들이 행동을 취하도록 자극하고 더 나아가 레닌의 지도 아래 러시아 혁명을 이끌도록 했을 것이다.

투르게네프는 자신이 쓴 글이 문제가 돼 체포되기도 하고 영지로 추방되기도 하다 결국 러시아를 떠나기로 결심하고 유럽

전역을 여행하며 작품을 썼다. 러시아에는 잠깐씩만 돌아왔을 뿐이다. 투르게네프의 글이 당대의 삶을 있는 그대로 그렸고, 가장 긴급한 문제를 작품의 주제로 선택했지만 그는 자신의 작품 속에서 어떤 주의나 교화를 꾀하지는 않았다. 그는 인간과 사회의 진정한 탐구자이기를 원했다. 그러나 그는 진보와 개혁의 대변자로 추앙받았으며 작품이 시적이고 아름다웠기에 좌파나 우파, 신·구세대 모두에게 인기 있었다.

말년에 투르게네프는 러시아에서 멀어져 유럽에서 거의 활동했기에 러시아 현실과는 동떨어지는 경향이 있었으나 그러기에 더욱 객관적으로 러시아를 묘사할 수 있었다.

그의 후기 소설 중의 하나인 〈연기〉(Smoke, 1867)에서는 러시아의 모든 사회 계층을 꼬집고 있으며, 〈처녀지〉(Virgin Soil, 1877)에서는 1870년대의 러시아 혁명 운동을 그리고 있다.

투르게네프의 소설을 톨스토이나 도스토예프스키와 같은 작가들의 소설과는 다르게 만드는 특징은 그 인물의 생각을 직접적으로 묘사한다는 것이다. 투르게네프의 소설 속 인물들은 말이나 겉으로 드러나는 행동을 통해 내적 감정을 표현한다. 그러므로 독자는 현실적인 삶에서와 마찬가지로 외적인 표시들을 통해 인물의 내적 감정을 추론해야 한다.

그는 러시아 농부들을 사실적으로 묘사했고 러시아를 새로운 시대로 이끌어 가려고 했던 러시아 지식 계급에 대한 연구로 유명한 소설가이자 시인이다. 투르게네프는 그 인생의 막바지에는 러시아에서의 인기가 줄어들었지만, 그 외 유럽의 다른 지역에서는 계속 인기가 있었다.

　이 작품 〈초원의 리어왕〉은 그의 후기 걸작 중의 하나로서 인
간의 오만함과 간사함, 상황에 따라 변하는 표리부동한 인간상
을 제시함으로써 그의 작품관을 일목요연하게 보여주고 있다.

구 본 희

카자흐스탄 고등학교를 졸업하고
페테르부르크 국립 종합 대학 러시아어과를 졸업했다.
현재 동 대학원 러시아어과에 재학중이다.
페테르부르크 국제 언어학 회의 및 국제 산업 박람회
대한민국관에서 통역을 담당했다. 역서로는
〈클라라 밀리치〉(투르게네프 작), 〈크릴로프 우화〉 등이 있다.

초원의 리어왕

초판 인쇄 / 1999년 10월 30일
초판 발행 / 1999년 11월 5일
●
지은이 / 이반 S. 투르게네프
옮긴이 / 구본희
펴낸이 / 한익수
펴낸곳 / 도서출판 큰나무
기획 / 코러스
본문 삽화 / 손지혜
편집 · 교정 / 심은정 · 강양숙
마케팅 · 관리 / 한성호 · 조은정
●
등록 / 1993년 11월 30일(제5-396호)
주소 / 120-090 서울시 서대문구 홍제동 215
전화 / (02) 736-9653 · 6960   팩스 / (02) 732-8694
통신 / 천리안 큰나무북   E-MAIL / BTREEPUB@Chollian.net
●
값 6,000원
●
ISBN 89-7891-085-8 03890

나에게 쓰는 영혼의 편지

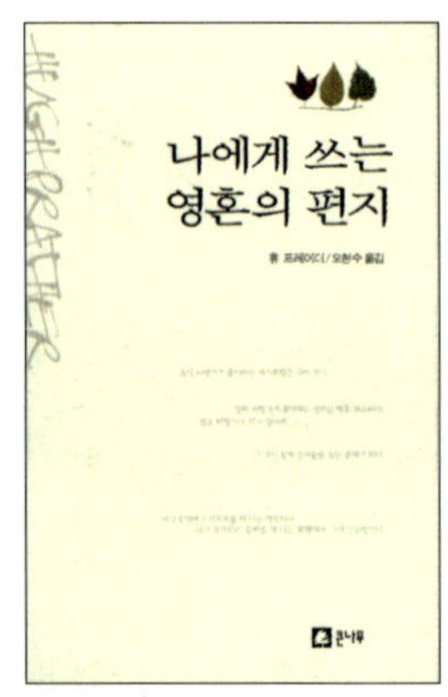

"휴 프레이더,
그가 다시 한 번 해냈다.
이 책은
영혼의 산물이며
우리 시대의 걸작이다."

휴 프레이더 지음/ 오현수 옮김/ 168면/ 7,000원

휴 프레이더가 전하는
인생의 절벽에서 당신을 감아쥐는 밧줄 같은 속삭임!

이 책에서 압도적인 정신적 자극을 받겠다고

부담스럽게 여기지 말라. 중요한 것은 생에 대한 자극이 아니라

자신과 주변을 돌아보고자 하는 당신의 의지뿐이다.

이 얇은 책을 읽다 보면 당신은

"영원히 아름다운 곳으로 가는 샛길 하나를 터득"할 것이다.

그 길은 우리가 떠나서 잊고 사는 게 아니라 단지

우리가 그 길에 서 있다는 사실을 망각했을 뿐.

전세계적인 스테디 셀러 「나에게 쓰는 편지」의 저자 휴 프레이더의 최신작